庫

猫とともに去りぬ

ロダーリ

関口英子訳

kobunsha classics

光文社

『猫とともに去りぬ』目次

1

猫とともに去りぬ

Vado via con i gatti

アントニオ氏は、昔でこそ駅長を務めたものの、いまでは退職、年金生活を送っている。息子夫婦と、孫息子のアントニオ（呼び名はニーノ）、孫娘のダニエラとの五人暮らし。ところが誰も、アントニオ氏の話に耳を傾けようとしない。

「懐かしいなあ。わしが昔、ポッジボンシ駅で副駅長をしていたころ……」

アントニオ氏が話しはじめたとたん、

「父さん」と、息子に話をさえぎられた。

「いま新聞を読んでるので、邪魔しないでください。政権崩壊の危機にあるベネズエラの記事に、ものすごく興味があるんです」

アントニオ氏はあきらめて嫁のところに行き、また最初から話しはじめた。

「懐かしいなあ。わしが昔、ガッララーテ駅で助役をやっていたころ……」

「お義父《とう》さん」嫁が話をさえぎった。

「お散歩にでも行ってきたらいかがです？　床がぴっかぴかになるワックス《ツルット》で、床をみがきあげているところなんですからね」

しかたなく彼は孫のニーノの部屋をのぞいてみたが、反応はたいして変わらなかった。ニーノは『デビルズ vs. サタン』という、十八歳未満禁止の、とてつもなく愉快なマンガを読むのに夢中だったのだ（ちなみにニーノはまだ十六歳）。

アントニオ氏の頼みの綱は、孫娘のダニエラだ。彼女が小さかったころは、よく駅長の帽子を貸してやり、「死者四十七名、負傷者百二十名にのぼる電車事故」ごっこをしてあげたものだ。ところがダニエラも目がまわるほど忙しいらしく、こういった。

「おじいちゃん、テレビの子ども番組が終わっちゃうでしょ。とっても教育的な番組なのよ」

まだ七歳のくせに、ダニエラはやたらと「教育」が好きな子だった。アントニオ氏は、深いため息をついた。

「どうやらこの家には、四十年も国鉄を立派に勤めあげた、年金生活者の居どころはないようだ。こうなったら、荷物をまとめて出てってやる。かならず実行してみせるぞ。猫といっしょに暮らすんだ」

そして、ある朝ほんとうに、ロトくじを買ってくるといって家を出たまま、帰らなかった。古代ローマの遺跡に多くの猫が棲みついている、アルジェンティーナ広場に向かったのだ。

石段をおり、猫の縄張りと自動車の縄張りを隔てている鉄柵を越えると、彼の姿は猫になっていた。

すぐさま、後ろ足の裏をぺろぺろとなめまわした。スタートしたばかりの新しい生活に、人間の靴の泥を持ちこみたくなかったからだ。すると、ところどころ毛の薄くなったメス猫が近づいてきて、彼をじっと見ている。……まだ見ている。やっぱり見ている。しまいには話しかけてきた。

「失礼ですが、アントニオさんじゃございませんこと?」

「そんなことは思い出したくもありません。アントニオは辞めることにしたのです」

「あら、やっぱりそうでしたか。わたくしは、お宅の向かいに住んでいた、小学校の元教師ですの。わたくしをご存じでは? あるいは姉のことをご存じとか……」

「もちろん、お二人とも存じてますとも。たしか、カナリアをとりあっていつも姉妹喧嘩をしてらした……」

「そのとおり。喧嘩にすっかり嫌気がさして、ここで猫と一緒に暮らすことにしたのです」

アントニオ氏は驚いた。猫と暮らすなどという素晴らしいアイデアを思いつくのは、自分だけだと思いこんでいたからだ。

　ところが、アルジェンティーナ広場にいる猫のうち、わずか半分がホンモノの猫、つまり母猫と父猫のあいだに生まれた猫であり、残りはみんな、人間業《ぎょう》を辞めて猫になった人たちらしいことがわかった。

　老人ホームから逃げ出した元ゴミ収集員がいるかと思えば、家政婦とそりが合わずに逃げ出した、元未亡人もいる。

　なかには、裁判所の元判事までいた。まだ若く、妻子も、バス・トイレが二つある4LDKのマンションも、車も持っていたのに、なぜか知らないが猫と暮らすことにしたらしい。だからといって、けっしてお高くとまっているわけではない。「猫おばさん」が、魚の頭やサラミの皮、スパゲッティの残り、固くなったチーズ、骨や内臓などがたくさん入った包みを持ってやってくると、自分の分をくわえ、神殿址《あと》の最上段でゆっくりと食べるのだった。

　ホンモノの猫たちは、猫人間を避けることもなく、いばりちらすこともなく、完全に対等に扱ってくれた。それでも、ときどきホンモノの猫同士、ささやきあうのが聞こえた。

「俺たち、人間になんてこれっぽっちもなりたくないよな。人間界ってところは、ハム一枚だって、目玉が飛び出るほど高いらしいぞ」

「わたくしたち、いいお友だちになれそうですね」猫先生がいった。「今晩、天文学の講義をするのだけれど、いらっしゃいません？」

「喜んでうかがわせていただきます。天文学は大好きでしてね。カスティリオン・デル・ラーゴの駅長だったときには、駅舎のバルコニーに二百倍の望遠鏡を置いて、夜になるといつも土星の輪や、そろばん玉のように一列に並ぶ木星の衛星や、コンマの形をしたアンドロメダ星雲などを観察したものでした」

すると、たくさんの猫が話を聴こうと集まってきた。駅長経験のある仲間なんて、はじめてだったのだ。みんな、電車について根掘り葉掘り質問した。なぜ二等の列車のトイレには決まって石鹼がないのか、などなど。

空の星がくっきりと見えはじめ、ちょうどいい頃合いになると、猫先生は講義をはじめた。

「さあ、あちらをご覧ください。あの星座は、大熊座と呼ばれています。そばにあるのが小熊座。次に、わたくしとおなじ方向に向きを変えて、アルジェンティーナ塔の右手の空をまっすぐ眺めてください。あれが蛇座です」

「なんだか動物園みたいだな」猫ゴミ収集員がつぶやいた。

「まだまだ山羊座や牡羊座、さそり座もありますよ」

「そんなにいろいろあるのか！」感嘆の声があがる。

「あそこの星座が見えますか？　あれは犬座です」

「すごいなあ」ホンモノの猫たちが思わずため息をもらした。

誰よりもたくさんため息をついているのは、赤の海賊《レッドパイレーツ》と呼ばれている猫。身体じゅう真っ白だったが、冒険好きなため、いつのまにかそんなあだ名がついてしまった。

「んで、猫座ってのはあるのか？」そう質問したのも、レッドパイレーツだった。

「いいえ、ありません」猫先生が答える。

「それじゃあ、猫という名前のついた星は？　どんなに小さな星でもかまわないから
……」

「ありませんねえ」

「まったく……」レッドパイレーツは文句をいった。「犬や熊にまで星座を与えておいて、俺たち猫にはなにもなしかい。ひどい話だ」

ミャーミャーという抗議の声が、あちらこちらからあがった。猫先生は、天文学者

をかばうため、声をはりあげた。いわく、学者であるからには、きちんとした自覚のもとで各々の仕事をこなしているはずだ。そんな学者たちが、小惑星ひとつたりとも「猫」と名付けるべきではないと判断したのだから、それなりの理由があるにちがいない……。

「そんな理屈なんて、ネズミのシッポほどの価値もない」レッドパイレーツは、引き下がらない。「よし、判事の意見を仰ぐことにしよう」

猫判事は、もういっさい誰も裁かなくてすむように人間業を辞めたのだからと渋ってみたものの、けっきょく、今回だけは特例とすることにした。

「判決を下す。天文学者に災いを！」

割れんばかりの拍手が巻きおこった。猫先生は、先人の業績を手放しで称賛したことを悔い、これからは生き方を改めると約束した。

猫集会が開かれ、抗議デモをおこなうことが決定された。ローマ中の猫という猫の手に、緊急メッセージが届けられた。フォロ・ロマーノ遺跡の猫たちにも、食肉加工工場の猫たちにも、聖カミッロ病院の病棟の窓の下に並んで、まずい食事を出された入院患者がおかずを投げてくれるのを待つ猫たちにも。トラステヴェレの猫たちにも、郊外の野良猫たちにも、違法バラックの捨て猫たちにも。もちろん、ブルジョワ階層の猫たちにも、たまにはミンチ肉や羽毛のクッションや首輪といった、心地よい特権を忘れて参加するよう、メッセージが伝えられた。集合時刻は夜中の十二時、場所はコロッセオ。

「そいつは素晴らしい」猫アントニオ氏はいった。「観光客としても、巡礼者としても、年金生活者としても、コロッセオを訪れたことがあるが、猫として行くのはこれが初めてだ。きっと血湧き肉躍る経験にちがいない」

翌朝、コロッセオには普段どおり、大勢の観光客が訪れた。アメリカ人は徒歩か車で、ドイツ人はバスか観光用の馬車で、スイス人は寝袋をかついで、アブルッツォの人たちは姑《しゅうとめ》と一緒に、そしてミラノの人たちは日本製のビデオカメラを持って……。

ところが、一歩も中に入ることができない。というのも、コロッセオは、猫たちに占拠されていたのだ。

入り口も出口も、円形闘技場も石段も、柱もアーチも占拠されている。古代の石なんてほとんど見えず、何百、何千……数え切れないほどの猫ばかり。レッドパイレー

ツの合図で、横断幕（先生とアントニオ氏の合作）が掲げられた。《ネコ星を手に入れるまで、われわれはコロッセオを渡さない》

観光客も巡礼者も通行人（あまりの光景に見とれて、通りすぎることすら忘れてしまったほどだ）も、熱狂的な拍手をした。詩人のアルフォンソ・ガット*［猫］が演説をはじめた。みんながみんな彼の話を理解できたわけではなかったが、彼がその場にいるだけで、猫という名の詩人がいるならば、猫という名の星があってもいいじゃないかというメッセージは伝わってきた。

まったくもって、盛大なイベントだった。抗議行動を全世界に広げるため、コロッセオから、パリやモスクワやロンドン、ニューヨークや北京、モンテポルツィオ・カトーネに向けて、伝書猫が旅立っていった。

エッフェル塔、ビッグベン、塔が建ちならぶモスクワのクレムリン、エンパイアーステートビル、天安門、ラティーニ煙草店……。要するに、名だたる場所はどこでも、だ。世界中の猫たちが、ありとあらゆる言語で天文学者に要求を突きつけた日には、いや、突きつけた夜には、ネコ星がまばゆい光を放つだろう。

ローマの猫たちは、自分の棲みかに帰って、よい知らせを待つことにした。猫アントニオ氏も、猫先生といっしょに足早にアルジェンティーナ広場へもどっていった。今回の成功ですっかり病みつきになったのか、道々、ほかにもさまざまな占拠計画を思いついた。

「サン・ピエトロ寺院のクーポラを、尻尾を立てた猫たちで飾ったら、どんなに美しいだろう……」というのは、アントニオ氏のアイデア。

「それよりも、サッカーのローマ対ラツィオ戦が開催される日に、オリンピックスタジアムを猫たちで占拠してしまうっていうのは、どうかしら?」猫先生も負けてはいない。

アントニオ氏は、「それは素晴らしい考えですね!」と、感嘆符つきで言おうとしたが、半分までいいかけたところで中断した。とつぜん、「じいじ! じいじ!」と呼ばれたからだ。

いったい誰? 誰が呼んでいるのだろう?

……声の正体は、学校の門から出てきた孫娘のダニエラだった。ダニエラは、すぐ

＊一九〇九〜七六年。イタリアの詩人。ロダーリと交流が深かった。

に猫がおじいちゃんだと見破ったのだが、すっかり猫の習性に慣れていたアントニオ氏は、知らぬふりを決めこんだ。それでも、ダニエラはあきらめようとしない。「じいじの意地悪。どうして、猫と暮らすことにしたの？　何日もあちこちさがしまわったんだから。ねえ、お願い。すぐにおうちにもどってきてよ」

「なんてかわいいお孫さんですこと」猫先生はいった。「いま何年生？　字はお上手？　爪はきちんと切ってるかしら？　まさか、お手洗いのドアに『用務員くたばれ』なんていたずら書きをするような子じゃないでしょうね？」

「とんでもない。ダニエラはとってもいい子ですよ」アントニオ氏は、いくぶん涙ぐみながら答えた。「そうだ、そこまでついていって、赤信号で交差点を渡らないように見ててやることにします」

「まったく、しょうがないおじいちゃんだこと」猫先生はいった。「それならば、わたくしも姉がどうしているか見てきますわ。変形性関節症にでもかかって、ひとりでは靴の紐も結べなくなっているかもしれませんから」

「ねえ、じいじ、こっちだってば」ダニエラが大声をあげている。それを聞いても、周囲の人びとは「じいじ」というのが猫の名前だと思っているらしく、驚くふうでもない。世の中にはバルトロメオだとかジェルンディオだとかいう、奇妙な名前の猫がいるのだから、「じいじ」という名前の猫がいても少しも不思議はないだろう。

　家に着いたとたん、猫アントニオ氏は、お気に入りのソファーに飛び乗り、挨拶のかわりに得意げに耳をふってみせた。

「いまの見た？」ダニエラは嬉しそうだ。「やっぱりじいじよ」

「そうだな」ニーノもうなずいた。「たしかに、おじいちゃんも、耳を動かすのが得意だった」

「ほらほら、もうわかったから」息子夫婦はうろたえ気味だ。「この話はこれくらいにして、ご飯にしようじゃないか」

　もちろんいちばんのご馳走にありつけたのは、猫おじいちゃんである。お肉にシュガーミルクにクッキーをもらったうえ、あちこち撫でられ、キスもされた。みんな、猫おじいちゃんがのどをゴロゴロ鳴らすのを聞きたがり、お手をさせてみたり、頭をかいてあげたり、刺繍をほどこしたクッションを敷いてあげたり、木屑を入れたトイレをつくってあげたり、至れり尽くせりだ。

　食事がすむと、彼はバルコニーに出た。向かいの家のバルコニーには、カナリアをじっと見つめる猫先生の姿があった。

「いかがでしたか?」彼がたずねた。

「すべて順調ですわ」彼女が答えた。「姉は、わたくしのことを女王さまみたいに扱ってくれますのよ」

「お姉さんに、正体を明かされたのですか?」

「わたくしがそんなバカな真似をするとでもお思いですの? わたくしだってことが知られたら、頭がおかしいといって病院に連れていかれてしまうわ。驚いたことに、亡くなった母親の毛布まで使わせてくれましたのよ。以前は、見せるのも嫌がったのに……」

「はて、どうしたものか……」猫アントニオ氏は思案にくれた。「ダニエラは私に、元のおじいちゃんの姿にもどってほしいというのですよ。みんな私のことを大切にしてくれますしね」

「まったく、あきれたおバカさんですこと。せっかく新天地を見つけたのに、みすみす捨ててしまうのですか? あとでかならず後悔しますわよ」

「はて、どうしたものか……」猫アントニオ氏は繰り返しつぶやいた。「こうなったらコインを投げて決めるしかないでしょう。おまけに、たまらなく葉巻が吸いたくなってきましてね」

「けれど、どのようにして猫からおじいちゃんにもどるおつもり？」

「なあに、じつに簡単なことですよ」アントニオ氏は答えた。

そして、じっさいにアルジェンティーナ広場へ行き、例の鉄柵を、猫になった日とは逆の方向に越えた。

すると、猫がいたはずの場所に熟年の男性の姿があらわれ、さっそく葉巻に火をつけた。彼は、胸をどきどきさせながら家に帰った。アントニオ氏の姿を見ると、ダニエラが大喜びで抱きついてきた。向かいのバルコニーでは、猫先生が、幸運を祈るとでもいうかのようにウインクしてみせた。「あきれたおバカさんだこと」と、心の中でつぶやきながら。

バルコニーには、猫先生のお姉さんもいた。愛《め》でるように猫を見つめながら、「かわいがりすぎないようにしないといけないわ。この子が先に逝ったりしたら、あまりにも悲しくて、心臓発作を起こしてしまうもの」と心の中で思っていた。

そろそろ、フォロ・ロマーノの猫たちが目を覚まし、ネズミ狩りに出る時間だ。

アルジェンティーナ広場の猫たちは、愛情のこもった包みを持ってやってくる「猫おばさん」たちを待ちわびて、集まりはじめている。聖カミッロ病院の猫たちは、花壇や通路に姿をあらわし、ひとつの窓につき一匹ずつ陣取っていることだろう。夕飯のおかずがあまりおいしくなく、入院患者がこっそり窓から投げ捨ててくれるのを期待しながら。

そして、かつて人間だったノラ猫たちは、トレーラーを運転していたころのことや、旋盤を回していたころ、タイプを打っていたころを思い出しては、昔は自分もカッコよかったし、恋人だっていたものだと、郷愁にひたっていることだろう。

2

社長と会計係
あるいは
自動車とバイオリンと路面電車

Padrone e ragioniere

ovvero

L'automobile, il violino e il tram da corsa

マンブレッティ氏は、モデナ県のカルピ村にある、栓抜き部品工場の社長である。コンメンダトーレ、つまりイタリア共和国功労勲章受勲者とかいう肩書きの、とてもエラい人だ。彼が所有する自動車は三十台、頭に生えている髪の毛は三十本。「なんてたくさんの自動車だこと」と村人たちはいい、「なんて少ない髪の毛なんだ」と、マンブレッティ社長はため息をもらす。まったく不思議な話である。どう考えたところで、三十と三十はおなじ数のはずなのだが……。

マンブレッティ氏は、全長十二メートルもあるデラックスカーで、工場に出勤する。エミリア・ロマーニャ州のどこに行っても、これほど大きく豪勢でこれほど真っ黄色な自動車はないだろう。

毎朝その車を運転するたびに、彼はバックミラーに訊ねる。

「鏡よ、鏡よ、鏡さん。教えておくれ、村でいちばん美しい自動車はどーれ?」

「あなたのです、コンメンダトーレ・マンブレッティ」バックミラーは、テノール・サキソフォンを思わせる渋い声で答える。

ポー平野の一帯でもっとも有名な栓抜き部品工場の社長が、鏡の返事にすっかりご満悦でアクセルペダルを踏みこむと、デラックスカーは道路の女王のごとく、滑るように走り出すのだった。

ある月曜日の朝、マンブレッティ社長は、いつものようにウインクをしてバックミラーに訊ねた。

「鏡よ、鏡よ、鏡さん。教えておくれ、村でいちばん美しい自動車はどーれ？」

答えを聞くまえから彼は、十二年も熟成させたスコットランド製チョコレートボンボンのような、甘い響きを味わう心地になっていた。ところがバックミラーときたら、バスチューバのような低い声で答えたのだ。

「あなたの会社のジョヴァンニ会計係の自動車です」

「このクソったれ！」社長は、ブレーキペダルを踏みながらいった。映画館で覚えたセリフだ。

「そんなはずがない」彼はわめきちらす。「おまえのような鏡は、結膜炎にでもかかるがいい！　ジョヴァンニ会計係は食うものにも困るほどの貧乏人なんだぞ。自転車を一台持ってるだけで、空気入れすらないじゃないか！」

しかし何度たずねてみても、バックミラーは頑としておなじ答えを繰り返すばかり。粉々に砕いてやるとか、奴隷として売りはらってやる、オブラートでくるんで窒息させるなどと脅してみても、意見を変えようとはしなかった。

マンブレッティ氏は、思わず泣きだした。そこへやってきた警官が、通行を妨害したかどで罰金の支払いを命じた。社長はしぶしぶ罰金を払うと、ふたたびデラックスカーを走らせ、工場へ急いだ。事務所ではジョヴァンニ会計係が、マックス・ブルッフ*の協奏曲を練習しているところだった。

ジョヴァンニは、痩せぎすの小柄な男で、髪は真っ白。子どものころから白髪《はくはつ》だったので、クラスメートに「白雪くん」とあだ名をつけられたほどだ。

会社では、どんな雑用もこなす。栓抜きの部品を磨いたり、社長が工場を見まわり、メモをとる必要があるときには、すばやく机代わりにもなる（社長はジョヴァンニ会計係の背中でメモをとっていた）。

もちろん、バックミュージックも演奏した。マンブレッティ社長は、テレビドラマの登場人物以下の扱いを受けることを、極端に嫌っていたからだ。彼らが喋るときには、必ずバックミュージックが流れる。夜逃げするときでさえ、けっして趣味がいいとはいえない交響曲を演奏するオーケストラがつくではないか（おそらくトラックのうえで演奏してるのだろう）。

そこで、社長室にはついたてが置かれていた。顧客が商談に来ると、ジョヴァンニがバイオリンを持ってついたての後ろに行く。社長の声さえ聞けば「アダージョ」か「アンダンティーノ」、あるいは「プレスト・モルト」を演奏すべきなのか、即座にわかるのだった。

「おはようございます、社長」バイオリンの弦から弓をはなし、会計係が挨拶した。マンブレッティ氏は、悲痛な眼差しで彼をじっと見つめた。しばらくするとようやく話しだしたが、その声があまりに悲しげだったため、ジョヴァンニは思わずワーグナーの『イゾルデの愛の死』を演奏しはじめた。

「そうではない。そうではないんだ、ジョヴァンニ」社長はいった。「ワーグナーを弾いてる場合じゃない。いったいどういうことなんだ。自動車だなんて……」

「ああ、もうお耳に入ってるのですか？」

「みんな知っている。村の人びとが噂しておる……」

「なにも悪いことなんてしていません！　じつは伯母のジュディッタが亡くなりまし

＊一八三八〜一九二〇年。ドイツの作曲家。バイオリン協奏曲で知られる。

て、ドゥカート金貨を何枚か残してくれたのです。そのお金で、あの軽自動車を買いました」

「軽自動車だって？　冗談はやめてくれ……」

「なにをおっしゃいますか、社長。ご自分の目で直接ご覧になってくださいよ」

目をこらして見ると、たしかにスツールの高さほどのちっぽけな赤い三輪自動車が、中庭の片隅にあった。さながらビタミン不足で、赤ん坊のまま成長できなかった自動車といったところだ。

——あれが、村でもっとも美しい自動車だというのか？——と、マンブレッティ氏は歯を一本だけのぞかせて嘲笑った。——どうやら、わしのバックミラーは、生まれつきのボンクラになってしまったらしい。蕁麻疹《じんましん》にでもかかるがいい！——

そうこうしているあいだにも、中庭を横切って担当部署に向かう工員たちが、ひとり残らず立ちどまってはジョヴァンニの自動車を見ていく。やさしく自動車を撫でる者もいれば、ハンカチでフェンダーの汚れを拭く者もいる。なかには自動車にすっかり見とれてしまい、いっぺんに二本の煙草に火をつける者までいた。ちょうどこの日の朝、マンブレッティ社長の車には、ラピスラズリでできた真新しいラジオのアンテナが取りつけられ、画家アンニゴーニ*の新しい絵が飾られていたのだが、それに気付く者は誰もいないようだった。

「過激派どもめ」社長はつぶやいた。「赤い色を見るだけで喜びやがって」

その日、家に帰る道々、マンブレッティ氏は、最後にもういちどだけバックミラーに訊ねた。

「お願いだからいってくれ。ただし、嘘はごめんだぞ。村でいちばん美しい自動車はどーれ？」

「ジョヴァンニ会計係のです」

「いったい、どういうことなんだ？」

「ジョヴァンニ会計係の自動車です」

「あの車には温水&冷水シャワーの設備も、湯沸かし器も、カーステレオもついてないというのにか!?」

「ジョヴァンニ会計係の自動車です」


*ピエトロ・アンニゴーニ。一九一〇〜八八年。イタリアの画家。肖像画家として知られる。

「ひょうそにでもかかるがいい！」社長は叫んだ。

バックミラーは悪びれもせず口をつぐみ、隣り車線の、レッジョ・エミリアのハム工場に向かう豚を満載したトレーラーを映し出すのだった。

その晩、マンブレッティ社長は鬱憤《うっぷん》を晴らすため、映画館に出かけることにした。映画館《チネ・スター》の前には、さながら松林にひしめく松の木か、オーク林のオークの木、はたまたアルコール漬けのサクランボの瓶につまっているサクランボのように、車がびっしりと並んでいた。

社長が、ご自慢の超デラックスカーを駐車する場所を探していると、ちょうどバンパーから二メートルほどのところに、ジョヴァンニ会計係の軽自動車があった。小さな豆粒か、ミクロサイズのゴミくずのようだ。

広場には誰もいない。カルピ村の人びとはみな、映画館にいるか、家でテレビを見ているか、カフェでトランプに興じているかだ。人っ子ひとりなく、不法に駐車代をたかる輩《やから》も見当たらず、月も、風邪でもひいたのか、姿を見せていなかった。

「またとないチャンスだ」彼は決心した。

アクセルをひと踏みすれば、それで十分だった……。

ものすごい排気量をほこるデラックスカーの鼻先が、赤い——とはいっても、夜なので黒く見えた——小さな三輪自動車のうえに乗りあげ、アコーディオンのように押しつぶす。社長はブレーキを踏み、バックした。そしてファーストからセカンドへギアをチェンジし、フルスピードで走り去った。誰もなにも見ていなかった。バックミラーでさえ。バックミラーは後ろを見ていたのだから。早い話、見張り役をしてくれたのだ。

映画館から出てきた会計係は、自分の愛車の変わりはてた姿を見て、気を失った。ナポリ風ピッツァと、こし器のミックスみたいにぺしゃんこだったのだ。大勢の村人がジョヴァンニをやさしく介抱し、意識がもどるように軽く頰をたたいたり、気つけ用の芳香塩やタバコの匂いを嗅がせたりした。

「なんてこった……」会計係はため息をついた。「楽しかった夢のような日々よ、さようなら！」

「しっかりするんだ、くよくよしなさんな」村の人びとはなぐさめた。

「《セブンハンズ》がなんとかしてくれるよ」

「誰のことです？」

「自動車整備士に決まってるじゃないか。ものすごく腕がよくて、手が二本じゃなくて七本もあるみたいなんだ。だからみんな《セブンハンズ》と呼んでいる」

「なるほど、《セブンハンズ》ね」

「わしを呼んだのは誰だい？」最後に映画館から出てきた大柄の男がいった。

「ちょうどあなたの噂をしてたところです。マラゴディ、人呼んで《セブンハンズ》さん。見てくださいよ、あの悲惨な姿を」

「いやいや、あれっぽっち、たいしたことないね。わしに任せてくれ。ジョヴァンニさん、しばらく車をお借りしてもよろしいですかな？」

「ええ、よろしくお願いします」

《セブンハンズ》は、片手で軽々とポンコツ車を持ちあげて脇の下に抱えると、道の両側に集まっていた野次馬のあいだをぬって、自動車整備工場へと歩いていった。

その晩、ジョヴァンニは、ぺしゃんこになった小さな愛車を抱きしめながら、整備工場の床で眠った。翌朝、《セブンハンズ》はさっそく仕事にとりかかる。その脇で、ジョヴァンニは会社にも行かず、ため息をつきながら《セブンハンズ》の仕事ぶりを見守っていた。

いっぽうのマンブレッティ氏は、ストックホルムから来た商社マンと商談をしていた。バックミュージックがなくてとてもさびしかったが、平静を装った。そして昼食がすむと、《セブンハンズ》の整備工場をのぞいてくるようにといって、スパイを送りこんだ。

スパイはあっという間にもどってきた。

「それで？」

「あの《セブンハンズ》は、ほんとうにすごい男です、社長。もはや車は新品同然。塗装仕上げをしている《セブンハンズ》に、会計係がバイオリンでバックミュージックを奏でていました」

マンブレッティ社長はテーブルをげんこつで思いっきりたたき、真っぷたつに割ってしまった。まったく、腕のいい家具職人を見つけるのがままならぬご時世だというのに……。

その後、彼は別の場所にもスパイを送った。なにを隠そう、マンブレッティ氏は自動車窃盗団の隠れボスでもあったのだ。

社長の命令を受け、窃盗団はただちに行動を開始した。まず一人が整備工場に行き、

《セブンハンズ》を呼び出す。「奥さんが急いで家に帰るようにいっています。なんでも、ベビーパウダーが盗まれたそうですよ」

「またか?」《セブンハンズ》は苛立ちをあらわにした。「今週に入ってこれで三度目だ。ちょっとようすを見てくる。ジョヴァンニさん、待っていてください」

《セブンハンズ》は自宅へ急いだ。すると別の人物が整備工場にあらわれ、ジョヴァンニ会計係に生クリームつきジェラートをふるまった。会計係は、自分の身にふりかかった災難への心遣いだと信じこみ、ありがたく受け取った。ジェラートに睡眠薬がまぜられていることなどつゆ知らず……。

ジョヴァンニが眠りこんだところに窃盗団がやってきて、三輪自動車を持ち去った。まもなく、ベビーパウダーが盗まれたというのは間違いだとわかり、胸を撫でおろした《セブンハンズ》がもどってきた。ところが会計係は眠りこけているし、三輪自動車はない。忽然と姿を消していたのだ。盗まれたと知った《セブンハンズ》は、おいおい泣きだした。盗っ人に請求書を送りつけるわけにはいかない……。

そこにやってきたのが、郵便配達人。「ジョヴァンニ会計係に電報です!」

「かわいそうに! 車を盗まれたうえに、電報だなんて。わしは起こさないぞ。いや、わしもあぁして眠ってしまいたいくらいだ……」

かくして、郵便配達人がジョヴァンニ会計係を起こす羽目となった。電報にはこう書かれていた。『オバノ　パスクアリーナ　シス。イサンヲ　トリニ　クルベシ』

「そいつはよかった」《セブンハンズ》はいった。「もしかしたら、遺産で四輪自動車を買えるかもしれない……」

翌日、工場に出勤する途中、マンブレッティ氏はバックミラーに意地悪くたずねた。

「鏡よ、鏡よ、鏡さん、教えておくれ、村でいちばん美しい自動車はどーれ？」

するとバックミラーは、バラライカのごとく悲哀に満ちた声で答えた。

「ジョヴァンニ会計係の自動車です」

社長は、驚きのあまり赤信号を無視して交差点を渡り、罰金をとられてしまった。

大あわてで工場に駆けつけ、会計係を呼びだした。ずいぶんと浮かれたようすのジョヴァンニは、パガニーニの『常動曲』を演奏しはじめた。

「そうではない、ジョヴァンニ会計係。いったいどういうことなんだ。自動車だなんて……」

「なにをおっしゃいますか、社長。ご自分の目で直接ご覧になってくださいよ」

社長は窓から外を眺めた。中庭の隅に、われもわれもと詰めかけた工員や事務員の歓喜の声に包まれ、麦袋に鼻面をつっこんでいる白馬がいるではないか。蹄《ひづめ》で地面をコッ、コッ、コッと打ち鳴らし、まるで、「どうだい、まいったか」といっているようだった。

「先日、自宅で息をひきとりました伯母のパスクアリーナが、形見に遺してくれたのです」

――わしとしたことが……――社長は、ほぞをかんだ。――死にかけた伯母ばかり持つ男を会計係として雇うだなんて。幸い、わしは馬窃盗団の隠れボスでもある。今日中に、パスクアリーナ伯母さんの形見とやらも片づけてやるさ。それにしてもバックミラーめ、こんな駄馬のどこがわしの車よりいいのか、きちんと説明してもらおうじゃないか。わしの車は二十七馬力なんだぞ!――

ところが、バックミラーはなにも説明せず、ジョヴァンニの馬こそが村でいちばん美しい自動車だと、ひたすらいい張ったので、社長は怒りにまかせて自分の髪を二本ばかりひっこ抜いた。こうして、社長の髪の毛は、たったの二十八本となってしまったのだ。

「悪魔の鏡め！」マンブレッティ氏は叫んだ。「おまえは、わしの人生最大の汚点だ。おたふく風邪にでもかかるがいい！」

というわけで、白馬も盗まれてしまったジョヴァンニ。あまりの悲しみの深さに、気がおかしくなったほうがましだと思ったが、それすらもかなわない。

しかたなくバイオリンを手にとり、このうえもなく美しい音楽を奏でた。とてつもなく美しい音楽だったため、サッスオロやヴォゲラからも、人びとが演奏を聴きにきた。ミラノのスカラ座の指揮者までやってきた。指揮者は、《太陽高速道路《アウトストラーダ・デル・ソーレ》》でガソリンを入れようと車を止めたとき、バイオリンの音色を耳にしたのだった。

「これほどすばらしく上手な演奏をしているのは、どなたですか？」と、指揮者はガソリンスタンドで訊ねた。

「バックミュージックを演奏するジョヴァンニ会計係です」

「ぜひその方に会わせてください」

さっそくジョヴァンニ会計係のもとを訪れた指揮者がいった。「あなたは、世界でもっとも優秀なバイオリニストです。わたしのところにいらっしゃれば、わんさと稼ぐことができますよ。いいや、わんさとなんてものではない」

ジョヴァンニ会計係はためらった。散々な目に遭ったものの、長年世話になったマンブレッティ社には愛着があったし、栓抜き部品が好きだったのだ。しかし、それ以上に馬が恋しくてたまらなかったので、指揮者の誘いを受けることにした。

かくして、ジョヴァンニはミラノへ行った。いまや彼の職業は、〝世界最高のバイオリニスト〟である。金をしこたま稼ぎ、ついには密かに抱《いだ》いていた生涯の夢を実現した。それは、なんと路面電車を買うことだった！

ジョヴァンニが路面電車に乗ってモデナに帰ると、みんなが走り寄り、ハイタッチで出迎えた。

修道女までが修道院から出てきたが、マンブレッティ社長だけは家に閉じこもっていた。なにも見なくてすむように、なにも聞かなくてすむように。さもないと、貴重な髪の毛を、もう一本ひっこ抜きたくなりそうだったから……。

3

チヴィタヴェッキアの郵便配達人

Il postino di Civitavecchia

チヴィタヴェッキアはそこそこ大きな町で、サルデーニャ島に向かう貨物船の港もある。そのため、大勢の郵便配達人が住んでいた。少なくとも十二人はいるだろうか。なかでもいちばん身体が小さいのは、《コオロギ》と呼ばれる配達人だ。本名はアンジェローニ・ジャン・ゴッタルドといい、年がら年中大急ぎで走りまわっているので、郵便業界では《小走り》というあだ名で知られていた。だが町の人びとは彼を《コオロギ》と呼ぶ。それは、彼の祖父のあだ名でもあった。

《コオロギ》はあまりにも小さかったので、結婚もまだだ。それでも、アンジェラという名前の、とても愛らしく、大のスポーツ好きの婚約者がいた。

アンジェラは、父親がテルニ町の出身だったので、テルニサッカーチームの熱烈なファンだった。ただし、どこにでもいるようなごく普通のテルニ出身者で、サッカーはしない。なにより《コオロギ》の熱烈なファンである彼女は、こういっていた。

「あなたは、チヴィタヴェッキアでいちばん、ううん、それどころじゃなくて、ティレニア海の中・南部で随一の郵便配達人よ。あなたほど重いかばんを運べる人は、ほかにいないわ。あなたに電報を配達させたら、あまりに速すぎて、ときには前の日に届いてしまうほどだもの」

アンジェラは《コオロギ》をこよなく愛していたので、雨の日には、ドライヤーで傘を乾かしてあげるのだった。

《コオロギ》は小包の配達を任されていた。彼にとってそれは、話にならないほど簡単な仕事だ。一度に二十四個の小包を運んでも、汗ひとつかかないので、ハンカチを使わずにすむ。おかげで、ばか高い石鹼代を節約することができた。

ある朝、彼は小包ではなく、ワイン樽の配達を任された。それもものすごくヘビーな樽だ。アルコール分十四度のワインだったから、当然といえば当然だ。

《コオロギ》はバイクのハンドルの上に樽をのせ、出発した。ところが、ガス欠で、バイクが動かなくなってしまった。しかしそんなことは気にもとめない。《コオロギ》は親指一本でワイン樽をかつぎあげ、配達先まで届けたのだ。郵便局にもどると、局長が《コオロギ》を呼びだした。

「かくかくしかじかだと聞いたが、親指でワイン樽をかつぎあげて、指をくじかずにいるなんて、どういうことだね？」

「局長、ワイン樽ぐらいどうってことありませんよ。ぼくは、重荷を背負うことに慣れっこなんです。全員の名前をあげたらきりがないような大家族の生計が、すべてぼくの肩にかかっているのですから。母、祖母、未婚の伯母二人に、七人の弟たち……上から順にロムルス、レムス、ポンピリウス、トゥリウス、タルクイニウス……」

「もうよい。それは、歴代のローマ王の名前じゃないのか？」

「当然でしょう。なんといってもローマは永遠の都ですから。父は素晴らしき愛国者だったのです」

「ところで」局長はいった。「重量挙げをやってみる気はないかね？　きみだったら、チャンピオンになれるかもしれん」

「考えてみます」

「いつ考えてくれるんだね？」

「今夜、七時半に」

七時半になると《コオロギ》はアンジェラと会い、スポーツ好きのアンジェラはすぐさま重量挙げをすることに賛成した。

「だけど……」アンジェラはそっとささやいた。「隠れてトレーニングをしましょ。いきなりあなたが登場して、みんなをやっつけて、栄光を勝ちとるの。ラジオでインタビューされたら、アンジェラという名前の婚約者がいるといってね」

そう約束を交わして、ふたりは別れた。日が暮れて、チヴィタヴェッキアの人びとがみな家にこもってテレビを見はじめると（ミラノでも、ニューヨークでも、フォルリンポポリでもおなじみの光景だが……）、さっそく《コオロギ》はトレーニングを開始した。手始めに、二百キロの重さの日本製バイクを持ちあげる。お次はフィアットのチンクエチェント、そして百二十五ccのバイク、仕上げにトレーラ付きトラックを一台。

「マチステよりも力持ちだわ」アンジェラは大喜びでいった。

マチステとは、ボルトの詰まった木箱を片手で持ちあげる、港の荷揚げ作業員だ。だが、祖母を扶養しているわけでもなく、弟が二人いるだけだったので、肩の荷が軽すぎ、トレーニング不足だったのだ。

翌朝、局長は《コオロギ》を局長室に呼んだ。

「どうだい、考えてくれたかい？」

「ええ、十九時三十分から十一時四十五分まで考えました。ただ、しばらくのあいだ極秘で訓練したいんです。今夜十二時に来てくだされば、トレーニングを見せてさしあげますよ」

「夜中の十二時では、あまりよく見えんじゃないか」

「ぼくの婚約者が、懐中電灯を持ってきます」

さて、真夜中になると、三人は港に行き、ボートに乗りこんだ。

アンジェラは《コオロギ》の力を無駄に使わせたくないから、ボートは自分が漕ぐといいはった。局長は、

「まさか重量挙げ用のクジラを探しにいくんじゃないだろうね」とぶつぶついった。

《コオロギ》は水着になって海にもぐり、トルコ国旗をはためかせた千五百トンの貨物船に近づいて、「ヤッホー!」と呼びかけた。そうして、とくに異常のないことを確かめると、スクリューが見えるまで貨物船を持ちあげたのだ。甲板にトルコ語で何か叫んでいる人がいたが、《コオロギ》はトルコ語なんて知らなかったので、何も答えなかった。

「ごらんになりました? 局長さん」アンジェラは、懐中電灯を消しながらいった。

狂喜した局長は、服のまま海に飛びこむと、《コオロギ》を抱きしめ、あやうく溺れさせるところだった。さいわい、アンジェラが旅行用のドライヤーを持っていたので、二人の身体も、局長の服も、もちろん背広のポケットに入っていた白いハンカチ

も乾かすことができた。

「きみは、まさに郵便業界の誇りとなるだろう」と局長はいった。「だが、頼むから、このことはまだ他人にもらさないでくれよ。あっと驚く大勝利の日まで、誰にも何も知られてはならない。そうすれば、きみのところにラジオのインタビュアーが来て、誰がきみの才能を見出したのですかと訊ねるだろう。きみはこう答えるんだ。わたしの局長です、何某ディレクター」

「それに、アンジェラという名前の婚約者がいます、ともいうんだわ」と、アンジェラがいいたした。

「そんなことを話してもいいのでしょうか？」《コオロギ》は、局長を立てるために訊ねた。

「いいに決まってるじゃない」と、アンジェラが答えた。

翌日の晩、三人はヴィテルボに行くふりをして、極秘トレーニングをしにローマへ向かった。《コオロギ》は、コロッセオを土台からひきはがして持ちあげてみせ、それから慎重に元どおりにもどした。

「急ぎすぎだ」局長が批判する。「速すぎて見えなかったくらいだ。きみは何をするにもせっかちで困る」

「ですが、局長……。母に、祖母に、未婚の伯母二人に、七人の弟を扶養しているからには、どうしたって急がなくちゃならないんですよ」

「しかも」アンジェラがつけ加えた。「結婚も考えてる人はね」

「わたしにはそこのところが理解できない」局長は、《コオロギ》が泉へ手を洗いに行ったすきに、小声でアンジェラにいった。「あなたのような、身長一メートル六十三センチ、体重五十四キロ、グリーンのきれいなふたつの瞳に、豊かな髪をした美しい女性が、いったいどうしてあんなに小さくて、あれほどの大家族を扶養している郵便配達人を好きになったのかね」

「いいですか」アンジェラは答えた。「じつはあたしも、重量挙げはけっこう得意なんです。今度またこんな質問をしたら、局長をコンスタンティヌスの凱旋門のてっぺんに座らせますよ。そんなことになっても知りませんからね」

「すまんすまん、いまの質問はなかったことにしてくれ」と局長はいった。「それより、われらがチャンピオンのことを考えようではないか。十五日後に世界選手権がある。参加費はわたしが負担しよう」

それから、三人はほかにも軽くトレーニングをした。婚約者と局長の声援のもと、優秀な郵便配達人は、次から次へと持ちあげてゆく。タルクィーニアのエトルリア人の墓、モンテラーノ運河の遺跡、ボルセーナ湖に浮かぶ島、ソラッテ山、チェルヴェテリのワイン協同醸造所などなど。

これだけ持ちあげれば十分だろう。あとは、エジプトのアレキサンドリアで開かれる世界選手権の日の、開始時刻を待つばかり。

局長は、アンジェラの分の旅費も出してくれた。アンジェラは船の上で人目をひき、船乗りのほぼ全員が、年頃の姉妹はいないかと彼女にたずねたほどだった。

《コオロギ》は少しばかり神経質になっていた。以前、超特急の速達を届けるのに、あんまり急ぎすぎて、速達が出される前の日に届けてしまったときのように、神経が高ぶっていたのだ。

「落ち着くんだ」局長は《コオロギ》にいってきかせた。「きみは、この太陽系のなかで、いちばん強い重量挙げの選手なんだ。急ぐあまり、すべてを台無しにしてはいけない」

「わかりました、局長」《コオロギ》は小声で答えた。「ですが、ぼくは何もせずに時間を無駄にすることに慣れていないのです。この船は、ちっともエジプトに着く気配がないように思えます」

ところがどっこい、船はきちんとエジプトに着いた。重量挙げ選手の一団はアレキサンドリアに入り、ホテルを見つけた。局長とアンジェラは、《コオロギ》にいった。

「少し眠ったらいい、そうすれば気持ちも落ち着くだろう。そのあいだ、わたしたちは競技場の偵察に行ってくる。インチキでデタラメのバーベルを使っていないか、確認してくるよ」

《コオロギ》は寝ることにしたが、あまりに急いで眠ったので、目覚めたら、なんと前日に逆もどりしていた。カレンダーを見ると、月曜日になっている。《コオロギ》たちが着いたのは火曜日だったはずなのに……。

「まいった」《コオロギ》は考えた。「もう一度おなじ時間だけ眠って、元にもどらないといけない」

《コオロギ》はしかたなくもう一度眠ってみる。だが、やはりあまりにも急いで眠ったので、今度は三、四千年も昔に目覚めてしまった。しかも、目覚めた場所は砂漠のど真ん中。当時はホテルなんてまだ存在していなかったのだから無理もない。近くにいた古代エジプト人の服装をした人が、《コオロギ》に何やら話しかけてきた。

「クイッククエッククアッククオック？」

「まったく、ちんぷんかんぷんです」《コオロギ》は、ていねいに答えた。「チヴィタヴェッキアでは違う言語を話していますから」

その人は、かまわずに二言三言、話しつづける。

「クイック！　クイック！」

それから、二人の奴隷を呼び、《コオロギ》を立たせ、古代エジプト人の制服を着た人びとがたくさん乗っている舟に乗せ、手にオールを握らせた。

「クアック」船頭がいった。

「これならわかるぞ」《コオロギ》はいった。「漕げ、だろう」

《コオロギ》が舟を漕ぎだしたとたん、みんないっせいに漕ぐのをやめた。ほかの人が漕ぐ必要などなかった。《コオロギ》一人の力で舟はナイル川をものすごいスピードで進み、ワニどもは文句をいいながら舟をよけ、川岸を走るダチョウを余裕で追い越してしまうのだから。船頭は嬉しさのあまり、頭がおかしくなってしまい、縄でつないでおく必要があった。

そのうち《コオロギ》は、エジプトのピラミッドの建築を手伝わされるために運ばれているという予感がした。案の定、到着した砂漠には、建設中のピラミッドがあった。何千人という奴隷が、巨大な石を運んだり、押したり、ひきずったりしながら、あちらへこちらへと走りまわっている。

側近を怒鳴りつけているファラオの姿もある。ファラオも「クイック！　クエック！」といっていたが、作業が遅々として進まないから腹を立てているのは、一目瞭然だった。側近たちは、耳もろとも首を刎《は》ねられてしまうのではないかと、恐ろしくてちびりそうになっていた。

「しかたない、ちょっと手伝ってあげることにしよう」と、《コオロギ》は考えた。「ぼくにとっては、たいした仕事じゃないもの。ただし、昼食をすませたら、おさらばだ」

そういうが早いか、《コオロギ》は驚くほど重い石を軽々と持ちあげた。一度に十二個を片手で持ちあげ、もう一方の手でも十二個持ちあげる。すると、あちこちから人びとが集まってきて、「オーレ！」だとか「クエック！　クエック！」などと口ぐちにいっている。ファラオは驚きのあまり卒倒し、猫の臭いを嗅がされて（これはファラオの風習だそうだ）、やっと意識を取りもどす始末。ピラミッドはわずか二時間で完成した。ピラミッド建設にたずさわった者には特別な食事がふるまわれ、お祝いの祭りが催された（深鍋割り、ロバ乗り競争、「宝棒」*など）。ファラオは、この異国の奴隷が何者なのか知りたがり、手振りや身振りに言葉を交えて、どこから来たのかと訊ねた。

「バビロンか？」

「いいえ、王様。チヴィタヴェッキアです」

「ソドムか？　ゴモラか？」

「先ほど申しあげたとおりです、陛下。チヴィタヴェッキアです」

こんな調子なので、ファラオは質問するのにうんざりして、「こんちくしょう」というような言葉を口にした。だが、《コオロギ》は思慮深く黙っていた。尋問されたらできるだけ喋らないにかぎる。《コオロギ》はふるまわれた食べものを食べ、飲みものを飲んだ。すると、ファラオは、シュロの木の下で眠ってもいいという身振りを

＊つるつるの棒の先に賞品をつけ、よじ登って取った者に賞品が与えられる競技。

した。

――よかった――と、《コオロギ》は思った。――こんどは現代にもどれるように、長く、とにかくゆっくり眠るようにしよう――

しばらくはゆっくりと眠ることができ、数千年の歳月を越えたが、やがてまたいつものせっかちの性分が頭をもたげ、考えはじめた。――もうそろそろ起きてもいい時間じゃなかろうか？　……まだ起きる時間じゃないのか？――

こうして、今度はスエズ運河を建設していた時代に目を覚まし、またもや手を貸すことができた。幸運にもそこで、チヴィタヴェッキアの出身者に出会った。アンジェローニ・マルティーノという名の男で、なんと《コオロギ》の曾《そう》・曾《そう》・祖父《そふ》のクラスメートらしく、飲みものまでごちそうしてくれた。

やがて《コオロギ》はもう一度眠ったが、さっきの失敗に懲りていたためか、失敗からあまりに学びすぎてしまい、エジプトのアレキサンドリアのホテルで目が覚めたときには、すでに世界選手権は終わっていた。

結果は、チヴィタヴェッキアの選手以外、全員優勝だった。局長は猛烈に怒り狂い、いちばん早い便でさっさとイタリアに帰ってしまった。アンジェラはといえば、まだホテルにいて、カップのコーヒーをスプーンでかき混ぜている。

「飲んで」と、アンジェラはいった。「もうすっかり冷めてるでしょうけれど。なんていっても、三日前に持ってきてもらったのだもの。あなたを勝たせないために、誰かが罠を仕掛けたに決まってるわ。強力な睡眠薬でも飲まされたんじゃないの？　局長は訴えてやるといってたわ。でもだいじょうぶ。来年はオリンピックがあるもの。そこで勝てばいいわよ」

「いいや」《コオロギ》はいった。「ぼくは、もう何にも勝ちたくないんだ。大家族の生活がぼくの肩にかかっているというのに、他の荷物を持ちあげに、世界中をまわったって意味がないさ」

「それじゃあ、あたしとはもう結婚してくれないの？」

「すぐに結婚する。早いほうがいいから、先週にしようか」

「とんでもない、あたしは明日で満足だわ」

結婚式を挙げるためチヴィタヴェッキアに帰るまえに、二人はピラミッド旅行を楽しんだ。《コオロギ》は、郵便業務で鍛えた腕で造ったピラミッドがどれか、一目でわかったものの、黙っていた。そう、能ある鷹は爪を隠すのだ。

いちばん偉大なチャンピオンこそ、誰よりも謙虚なものだ。あまりに謙虚すぎて、その名前すら知られていない。毎日驚くほど重い荷物を肩にかついで生きているのに、インタビューを受けようなどとは夢にも思わないのだから。

4
ヴェネツィアを救え
あるいは
魚になるのがいちばんだ

Venezia da salvare

ovvero

Diventare pesci è facile

第一場

「まったく、ねえ」保険会社の営業マンをしているトーダロ氏が、妻のザンゼ夫人にいった。

「ごらん。新聞にこんなことが書いてあるぞ。『東京大学のワレハシルゾウ教授の見解によると、ヴェネツィアは、一九九〇年までに完全に水没するということだ。ヴェネツィアの潟《ラグーナ》に、サン・マルコ寺院の鐘楼の最上部だけが浮いて見えるようになると教授は述べている』一九九〇年といったら、あとわずかじゃないか。急いで対策を講じないとたいへんなことになるぞ」

「あなた、対策といっても、どこに逃げるつもりなの？　カヴァルゼレ村の姉さんの家に避難しましょうか」

「ダメだ、ダメだ」トーダロ氏は反対した。「それよりも、魚になったほうがいい。そうすれば、水中での暮らしに慣れるからな。靴代も浮く。すぐに集合ラッパを吹いてくれ」

ザンゼ夫人がラッパを吹くと、サン・ポーロ広場でサッカーをしていた子どもたちが急いでもどってきた。

ベーピ、ナーネ、ニーナの三人。玄関先に立って恋人さがしをしていた姪っ子のリナも、やってきた。リナは、カヴァルゼレ村に住む、ザンゼ夫人の姉の娘にあたる。

「かくかくしかじかの理由で、我々は魚に姿を変え、果敢に環境災害に立ち向かうことにした」トーダロ氏が宣言した。

「ぼく、魚あんまり好きじゃないんだよね」口答えをするのは息子のベーピ。「どっちかっていうと、臓物《もつ》のほうがいいんだけど」

「まったく」トーダロ氏も黙ってはいない。「魚一匹を無駄にする者は、魚一匹に泣くもんだ」

そして、ベーピの頬をぴしゃりと平手で叩いた。

「ひどいじゃないか」ベーピは怯えた。「やっぱり父さんは権威主義者なんだね！」

「魚っていっても」弟のナーネが、口をはさんだ。「いったいどんな種類の魚になるの？」

「あたし、クジラになりたいな」妹のニーナが迷わずいった。

「おまえは落第だ」トーダロ氏は手きびしい。「クジラは魚類ではないと、学校で教わらなかったのか？　とにかく、いまは分類についてつべこべ論じている暇はない」

「どういうことかしら？」ザンゼ夫人がたずねる。

「つまり、行動を開始するんだ。何ごとも始めが肝心。思い立ったが吉日。やってみなければわからない。行くぞ」

「あなた、いったいどこへ行くというの？　もう夜よ。ヴェネツィア中のちゃんとした家庭は、みんな暖かくて安全な屋根の下でくつろいでいる時間だわ。そして、団欒《だんらん》の天使である母親がテレビをつけるの」

「まったく」トーダロ氏は妻の話をさえぎった。「おあつらえむきの時間だ。さあ、急いで並んでくれ。上着を着て一列になるんだ。胸を張って、腹は引っ込める。前へ進め！　ちょっと待て、帽子をとってくる」

全員、運河の岸まで行き、水に入り、魚になろうと懸命にもがいた。

「いいか、最初はひれだ。しっかり頼んだぞ」トーダロ氏が指導にあたる。「右の腕に一枚、左の腕に一枚、ひれが生えるようにするんだ」

「うろこだけど、何色にしたらいいかしら」姪っ子のリナが質問する。「あたし、ブロンドだから、紫が似合うかも」

ザンゼ夫人は、赤い尾びれを生やそうと努力している最中、心配ごとが頭から離れなくなった。

「まったく、あなた。明日の朝、子どもたちはどうやって学校へ行くの？」

「ザンゼ、余計な心配をしていないで、集中しないとダメじゃないか」

だが、子どもたちはしっかり話を聞いていた。思いもかけず学校を休めると知った彼らは、レガータ・ストーリカ＊の晩の大運河《カナル・グランデ》のように、顔を輝かせた。やる気も倍増し、みるみるうちにTシャツが破れ、立派な胸びれが生えてきた。

「まったく！　新しいTシャツなのよ！」悲痛な叫び声をあげるザンゼ夫人。

いっぽうのトーダロ氏は、子どもたちをほめちぎった。

「えらいぞ。その調子だ！」

考えてみれば、彼も背広を着たまま水に入っているのだから、ひれが生えれば袖に穴があく。

＊毎年九月にヴェネツィアで行われる伝統的な祭。ゴンドラレース。

「まさか、あたしたち、ちっちゃな魚になって、大きな魚に食べられちゃうんじゃないでしょうね？」ニーナがリナにたずねる。

「その反対よ。ラグーナでいちばん大きな魚になって、ほかの魚を食べつくすの」

「ぼく、臓物のほうがいいなあ」ベーピが、平手打ちはごめんだとばかりに、できるだけ父親から離れようと、身体をそらせながら反論した。

第二場

霧のたちこめるヴェネツィアの、カナル・グランデの朝。水上バス《ヴァポレット》が行き来している。そこここに、ゴンドラやモーターボートが浮かんでいる。マスタードを山積みにした貨物船の操縦室にいる船主のロッコは、ふと水面に目をやり、驚いた。大きな魚が礼儀正しく帽子をとり、話しかけてきたのだ。

「それで、例の船舶保険ですが、いかがなさいます？　加入されますか？　見てくださいよ、この濃霧！　保険にさえ入っておけば、たとえ船が事故に遭われても、積み荷は補償されますし、保険金も残ります。まったく、お子さんたちのことも考えてあげたらどうですか」

「トーダロさん……？　ほんとうにトーダロさんなのですね？　かわいそうに！　警官に見つかったらたいへんなことになりますよ！　カナル・グランデは遊泳厳禁だって、ご存じないのですか？」

「私は、海水浴客ではありません。保険業者です」

しゃべる魚を一目見ようと、ヴァポレットからも、ゴンドラからも、モーターボートからも、大勢の人が身体を乗り出す。そんななかにただ一人、不快感をあらわにして顔をそむけた英国人の観光客がいた。

「おお神よ、信じられない。なんてことだ。グレイの背広に茶色の帽子だなんて……。趣味が悪いにもほどがある」

第三場

アカデミア橋。セバスティアーノ・モロジーニという名の青年が、ブルーベリーのジャムを積んだ貨物船の航跡を、もの悲しそうに見つめている。

この青年、パドヴァ出身の美術学院の学生で、ティエーポロ*のフレスコ画がほどこされた邸《やしき》と、名ワインのレチョートやアマローネで知られる四つの農園を相続することになっている。彼はノヴェッラ伯爵令嬢に恋をしているのだ。だが伯爵令嬢は、経済学部を卒業したコゼンツァ出身の若者のほうが好きだといい、彼と一緒にエジプト旅行へ出掛けてしまった。ピラミッドの頂上でクリスマスを過ごすそうだ。セバスティアーノ青年は、いますぐ橋から身を投げて自殺すべきか、あるいはガラパゴス諸島へのクルージングに参加し、せめて野生のイグアナを一目見てからにすべきか、考えあぐねていた。

そのときだ。

「夢か、幻か?」

とつぜん、優雅に泳ぐカヴァルゼレ村のリナの姿が、彼の目に飛び込んできた。そう、あのトーダロ氏の妻の姉の娘だ。ブロンドの髪とみごとなコントラストを織りなす紫のうろこに身を包み、この世のものとも思えない美しさだ。

その美しさを目の当たりにしたら、ノヴェッラ伯爵令嬢の影など薄れてしまうほどである。伯爵令嬢ときたら、髪は脱色しているし、正直なところ、鼻だっていくぶん高すぎる。

「お嬢さん！」セバスティアーノ青年は、無意識のうちに大声を張りあげていた。「途中までごいっしょしてもよろしいですか？」

青年の美しいブルーの瞳を見たリナは、彼こそティエーポロのフレスコ画が描かれた邸《やしき》の相続人だと直感する。そこで、彼と一緒に泳げるなんて大歓迎だと伝えるため、にっこりと微笑んでみせた。

セバスティアーノ青年は、少しも躊躇せずに水中へ飛びこんだかと思うと、魚に変身し、うるわしいリナとともに運河のあちこちを泳ぎまわった。自分の四つの農場のことを事細かに話して聞かせながら。

それから、ノヴェッラ伯爵令嬢との悲恋の物語も包み隠さず話し、いくつもの将来のプロジェクトを語った。ヴェネツィアの海の水を、月曜日は白、火曜は黄色、水曜は赤、といった具合に、曜日ごとに違う色に染めるとか、イタリアとオーストリアとユーゴスラヴィアを併合してひとつの国にし、ヴェネツィアを首都にするとか、言葉

＊一六九六～一七七〇年。ヴェネツィア派の画家。

なんてひとつも使わず、ひたすら点と丸だけで千ページの小説を書きあげるとか、そのほかいろいろ。

うるわしいリナは、彼の話を聞いているだけで幸せだった。

新たな展開

ザンゼ夫人は、ベーピとニーナを連れてカンナレージョ地区へ泳ぎにいった。そのあたりは庶民的な界隈で、多くの子どもたちが先を競うように海へ飛びこみ、トーダロ氏の子どもたちから、どうすれば魚に変身できるのか教わった。なかには、うまく魚になれない子どもも何人かいて、あきらめて岸にあがり、家に帰ってズボンをはきかえた。だが、たいていの子は、生えてきたばかりのひれを動かしてはしゃぎまわるのだった。

やっかいなことに、そんな子どもたちのようすを、退職して年金生活を送っている元小学校の教員が、バルコニーから見ていた。優秀なゲートボールの選手だった夫に先立たれ、独り身となった彼女は、自分のことだけ考えていればいいものを、元来おせっかいやきな性格のため、ついつい余計な心配をせずにはいられない。

「あの子たちみんな、魚になんかなったら、学校に行かれなくなってしまうわ。大好きな国語の教科書も読めなくなるし、歴史や地理や理科の資料集だって開けない。いつもあんなに喜んでやっている書き取りや、作文や計算問題もできなくなるなんて、あまりにかわいそうよ」

思い込みというものは、考えれば考えるほど膨《ふく》らむものだ。とうとう彼女は、大切にしまってあった古ぼけた教師の制服をひっぱりだし、いまは亡きゲートボール選手の写真にキスをすると、運河に入り、魚先生になってしまった。

「さあ、みなさん！　集まって！」彼女は、両ひれを叩きながら号令をかける。

いっぽう魚になった子どもたちはといえば、魚の習性からすれば、なるべく遠くに、ムラノ島やブラノ島、あるいはトルチェッロ島のもっと先まで泳いでいってしまいたい。ところが、子どもの習性として、先生の声には無条件で反応し、口答えせずに従うようにしつけられていた。

そこで、号令を聞くやいなや集まりはじめ、互いにつっつきあったり、告げ口をしたり、舌を出したり、十進法に基づくメートル法の単位を暗記したりしはじめた。

誰よりもがっかりしたのは、ベーピとナーネとニーナである。それもそのはず、魚になった以上、学校は半永久的に休めると思っていたのだ。

ザンゼ夫人は喜んだ。先生が子どもたちの相手をしているあいだ、運河の岸に座ってグリンピースのさやをむきながら、近所の奥さん連中とおしゃべりに花を咲かせることができるのだから。彼女の真っ赤な尾びれは、奥さん連中の注目の的だった。

ヴェネツィアの各地区で、そのほかにも特筆すべきことがいくつか起こった。

トーダロ氏は、魚になった姿を大勢の人びとが好奇の目で見てくれるおかげで、生命保険や火災保険、腐った魚が原因の食中毒保険などに、次から次へと、新規契約をとった。だが、ちょいとばかり目立ちすぎたらしい。大きな魚が運河をうろつき、ときどき帽子をとって挨拶するという噂は、ヴェネツィア中の閑人の好奇心をそそった。

トーダロ氏のアパートの大家も例外ではない。

「まったく……」万事を金銭的にとらえる頭で、大家は考えた。「これは、なんとかして家賃を払わずにすませようと考え出した奇策にちがいない。巧妙な手口だが、わしをだませるとは思うなよ」

運河に飛びこみ、魚に姿を変えると、「おい、未払いの家賃、四万リラはどうなるんだ？　四万リラを払ってくれ」と叫びながら、トーダロ氏の後を追った。

家賃の話を耳にした電気店の主は、ふとトーダロ氏がテレビの月賦を払い終えていないことを思い出した。そこで、彼も橋から運河に飛びこむ。

いっぽう、ザッテレ地区では、夢中になって語り合ううるわしいリナとセバスティアーノ青年の姿を、通りがかった司祭が目にした。

鋭い勘と旺盛な行動力の持ち主である司祭は、魚の姿をしていては、恋人たちが教会で結婚式を挙げられないと思った。

即座に、新入りの魚たちに宗教的な儀式を提供するために、魚司祭になろうという計画を思いついた。そして、思い立ったが吉日とばかり、次の瞬間には、大天使の翼の形をした二枚のひれでゆうゆうと泳いでいた。

こうして、ヴェネツィアのラグーナは魚だらけになっていった。

最新のニュース

息子のベーピは、十進法に基づくメートル法の単位が好きにはなれなかった。ミリメートルといわれてもピンとこないし、デシリットルといわれても訳がわからない。それよりもよっぽど臓物のほうが好きなことは、先ほどもお話ししたとおりである。そこで、校舎代わりになっている水域から離れ、運河の底に引きこもり、誰にも邪魔されずに考えごとにふけっていた。

大発見をしたのはそのときだ。なんと、ヴェネツィアのラグーナは、完全に目詰まりしていたのだ。やわらかな砂やふかふかの泥が堆積し、ムール貝やイシマテ貝（いちおう棲息していることにしておこう）などがいるべき海底には、頑丈なファイルに保存された未決書類が、山のようにうずもれていた。広さは数千平方メートルにもおよび、数キロトンか、はたまた数メガトンか……、とにかく莫大な量である。

「まったく」ベーピはつぶやいた。「これこそ、十進法に基づくメートル法の弊害だ。これじゃあ、海面が危機的に上昇して当然だよ。こんなにたくさんの紙くずは、あの人たちの家の流しに捨てたらどうなんだ」

「あの人たち」というのが誰のことなのか、いまひとつ明確でないが、それは我々にはかかわりのないこと。とにかく、ベーピは緊急事態を知らせるため、フルスピードで泳ぎだした。消防艇を呼びとめ、海底で発見したことを、大急ぎで艇長に伝えた。

「かくかくしかじかで、なにもかもお役所仕事の壁によるものなんだ。それさえ取り除けば、万事うまく流れるようになるよ」

「まったく」艇長は驚いた。「ところできみは、魚の免許を持っているのかね?」

むろん、そんな質問はヴェネツィア人特有のユーモア精神のあらわれに他ならない。それでも、父親は誰かなどと質問をして時間を無駄にすることもなく、消防隊員や水難救助隊員を動員し、ただちに運河の底をさらい、ファイルの山からなるお役所仕事の壁をとりのぞいた。そして、一石二鳥だとばかり、ファイルの山をムラッツィ突堤に運ばせ、堤防を強化した。

十回ほど往復するうち、早くも、ヴェネツィア救出作戦の効果があらわれだす。ラグーナの水位が下がり、ものすごい重みのせいで沈んでいた地底が上昇しはじめた。ヴェネツィア湾に浮かぶ島々や運河沿いの道も、橋や柱廊も、ラグーナの水面との均衡が保てる分だけ持ちあがったのだ。

やった! ヴェネツィアは無事だぞーっ!

キーンコーン、カーンコーン!

街じゅうに祝福の鐘が響きわたる。

トーダロ氏は家族全員を集め、非常事態が終結したことを告げた。そして、かけがえのない家族を陸地へと導いた。

「これでもう、魚の姿でいる必要もなくなった。晴れてヴェネツィア人にもどれる。ベーピ、でかしたぞ！　今晩は、エビとヤリイカの特製オムレツでお祝いだ！」

「いやだ！」ベーピは激怒した。「臓物がいいってば！」

母親も弟妹も、ベーピの味方をした。翌日には結婚式を挙げ、新婚旅行にメストレへ行く予定の、うるわしいリナとセバスティアーノ青年も、ベーピに加勢した。

「しかたない」とうとうトーダロ氏は、ベーピの言い分を認めることにした。「おまえには臓物をやろう」

そして、背後に迫る債権者との間隔を引き離すため、歩幅をひろげるのだった。

5

恋するバイカー

Il motociclista innamorato

コンメンダトーレ・マンブレッティは、モデナ県のカルピ村にある、栓抜き部品工場の社長である。

マンブレッティ社長には、エリーゾという名の十八になる一人息子がいた。エリーゾはいつも、表地には防水加工が、裏地にはキルティングがほどこされている重装備のジャケットを着ている。ジャケットの下には、ウエストファスナーによるセパレートタイプの革つなぎを着ていたし、頭には、外部の音もよく聞こえ、バイザーの差し替えが可能な、カーボンファイバー製フルフェイスヘルメットをかぶっていた。要するに、筋金入りのバイカーなのだ。

ある朝、社長である父親の会社に、エリーゾが顔を出した。

「パパ、僕、結婚しようと思うんだ」

マンブレッティ社長は答えた。

「ようやくおまえがなにかをする気になってくれて嬉しいよ。おまえは、身長一メートル九十一センチ、体重八十七キロと、体格だけは立派なくせに、高校は中退、栓抜きの部品にはまったく興味がないときた。それでいて、私が大画家アンニゴーニの作品を蒐集するのに費やしたよりもよっぽど多くの金額を、おまえは、モトクロス用のブーツに使いはたしてしまった……。ところで、相手はブロンドか？　それとも茶？」

「赤だよ」と、エリーゾ。

「赤ねえ」社長はつぶやいた。「まったく、大企業の跡取り息子の嫁が赤毛だとは。内部委員会のメンバーの嘲り笑いが聞こえてくるようだ」

「赤がダメなら、白に塗ることもできるけど」エリーゾは、父親を喜ばせたくてそういった。

マンブレッティ社長、しばし考えている。エリーゾはここぞとばかりに、説明を加えた。

「日本から来たんだ」

「なんてこった！　おまけに外国人なのか。それはいかん、エリーゾ。《女房と牛は同郷がいちばん》と諺《ことわざ》にもあるじゃないか。それで……名前は？」

「僕はミーチャと呼んでる」

「なんだ、それは。猫と結婚するわけじゃあるまいし」

「猫じゃないよ。バイクだよ。僕、愛車のナナハンと結婚したいんだ」

マンブレッティ社長は、大きなため息をついた。

「いいか、エリーゾ。私はいままですべて、おまえの好きなようにさせてきた。私は、おまえの幸せを心から願っている。だが、おまえはわが社の格の高さがわからんのかな? 栓抜き部品業界では、このポー川流域一帯で最大、欧州でも第二位の規模を誇り、ゾーリンゲン市のクルップ社と肩を並べるほどなんだぞ。なにもわざわざ身分の低い女を嫁に迎えることもあるまい。母さんが、悲しみのあまり、病に臥《ふ》せってしまうぞ。母さんは、おまえとスージを結婚させたがっているんだ。ほら、ボトルの首に貼るラベルを製造している、マンブリーニ社の社長令嬢だよ。彼女だったら、おまえにぴったりの嫁だし、私の老後の慰みにもなる」

「嫌だよ。バックミラーがないもの」

「そんなことはない。持っているはずだぞ。ハンドバッグにしまっているのを見たことがある。だが、おまえが嫌だというならしかたあるまい。フォッフィはどうだい? 番犬用のアクセサリーを製造している、マンブローニ社の社長令嬢だ」

「だけど、セルスターターがないだろ?」

「それくらいあるだろう。煙草の火をつけるときに使ってるはずだ。だが、おまえが嫌だというならしかたあるまい。バンビはどうだい？　鍋用のふたと、ふた用の鍋を製造しているマンブリネッリ社の社長令嬢だよ」

「やだ。彼女はやめてよ。銅製電極のスパークプラグもない相手となんて、結婚したくない。僕は、チェンジレバーが左についてるミーチャがいいんだ」

「左だって!?」マンブレッティ社長は、癇癪《かんしゃく》を起こした。「左だなんて、けしからん！　まったくおまえは『パエーゼ・セーラ』*の読みすぎだ。そんな結婚はぜったいに認めん。この話はこれで終わりだ。それと、週に十万リラの小遣いは今日から渡さんから、そのつもりでいろ」

エリーゾは顔面蒼白になった。父親に反論したかったが、国語は大の苦手で、自由に使える語彙《ごい》がない。しかたなく黙って立ちあがり、出ていった。

てくてく歩いてガレージへ行き、恋人のミーチャを連れ出す。セルスターターでエンジンをかけ、ブルンブルンとうならせながら、村や町を走りすぎた。誰もが道の脇によけ、少年たちはバイク見たさに駆け寄ってくる。エリーゾは、自分が強く、たく

＊左派の日刊紙。本書の短編が連載されていた。

ましく、みんなの羨望《せんぼう》の的であり、無敵になった気がした。モンツァだろうがゴルゴンゾーラだろうが、グランプリでの優勝も夢じゃない。百万の大観衆の拍手喝采を受け、五十万のスウェーデンの女の子たちが、自分に夢中になるだろう。彼はさっそく『シリンダーズクラブ』誌に載る自分の写真を想像しながら、「栓抜き部品なんてクソくらえ！」とわめくのだった。

だが、やがてミーチャが走らなくなった。つまり、ガソリンがないということだ。しばらくたっても動きだす気配がない。つまり、エリーゾが金を使い果たしてしまったということだ。それでもエリーゾはへこたれない。愛するミーチャを養うためだったら、レストランで皿洗いもするし、ウサギの皮も剝ぐ。祭りがあれば重量挙げもするし、三輪車博物館の警備員だってする。とにかく、ありとあらゆる職種を転々とした。家にだけは、どうしても帰りたくなかったのだ。

ミーチャは新しい生活が楽しいらしく、さまざまな行動で喜びを表現してくれた。たった四百メートルの助走で時速百五十キロを出したり、時速二百キロのスピードで放物線カーブを走りぬけたり、振動に気を遣って磁気ヘッドを買わせたり……。

もちろん、ときにはわがままをいうこともあった。どこの新妻だってそうだろう。

ミーチャは一週間ずっといい子にしてみせ、週末にはマフラーの音を大きくするメガホンをおねだりした。この改造にはエリーゾも大満足だった。アクセルを吹かすと、遠くスイスやハンガリーまで音が響くようになったのだから。

そのうち、ミーチャは改造に凝りだした。最初は、ガソリンタンクをサイケデリックカラーに塗りたいといった。それから、フロントフォークを可変動レバーにして、ステアリングクランプの前には大きなスプリングを付けたいと主張する。さらに、ハンドルは直角に曲がったものにしろだの、バックミラーの支柱は鍛造《たんぞう》製で、十七世紀の燭台のようにひねった形じゃないとダメだのと、駄々をこねる。

エリーゾは遠慮がちにたしなめた。「ミーチャ、僕はあんまり賛成できないな……。まともなバイクは、蘭の花の形をしたテールランプを点《とも》して走りまわったりしないものだよ」

ところがミーチャは、返事をするかわりに、排気管をはずしてオルガンパイプを、シートの下にはトロンボーンをつけてくれといいだした。シートにも満足できなくなり、毎日取り替えるしまつ。しまいには、シートのかわりに歯科医用のリクライニングチェアーが欲しいとわめいた。

「そんなの、めちゃめちゃ高いじゃないか！」エリーゾが目に涙をためて、悲鳴をあげる。

「〝フィレンツェの少年筆耕〟*みたいに、夜中まで働かないと買えないよ……。それにこのまま改造をつづけたら、ミーチャはもう僕のかわいい彼女って感じじゃなくて、口にするのも恥ずかしいけど、アメリカンチョッパーみたいになってしまうぞ」

ミーチャは押し黙っていた。口論する気になれなかったのだ。しかたなくエリーゾは、歯科医用のリクライニングチェアーを買うためにローンを組み、ローンを払うために一日二十時間働いた。煙突掃除に刃物研ぎ、蹄鉄工に原子物理学者、さらには靴下の訪問販売まで、どんな仕事もこなす。

そんなふうに働いてばかりいたものだから、当然ミーチャの相手をする時間がない。いっしょに過ごすことも少なくなり、散歩に連れ出すこともめったになくなった。映画館なんて、もってのほかだ。

賢いミーチャは一言もしゃべらず、いまの生活に不満があるような素振りさえ見せなかった。彼女ほど若いバイクにしてみれば、退屈きわまる毎日だったろうに……。もしかしたら心の中では、フロントの油圧ディスクブレーキやエンジンが錆びてしまうと心配していたのかもしれないが、たとえ心配していたとしても口にはしなかったし、たとえ口にしたとしても誰にも聞こえなかったし、たとえ聞いた人がいたとしても、エリーゾには教えてやらなかったろう。

そんなある晩のこと、エリーゾが家に帰ると、ミーチャの姿がない。どこにもいないのだ。ミーチャがいたはずの場所には、オートマクラッチがぽつんと置き去りにされていた。おそらく、クラッチを改造し、いつも独りぼっちでさみしそうな彼女をかわいそうに思ったチョッパー泥棒と、逃走したのだろう。

「ミーチャ、帰ってきてくれ！」エリーゾは、いとおしげにオートマクラッチを撫でながら、おいおい泣いた。

だがミーチャはそのころ、イカしたバイク泥棒とタンデムで、モンティチェッリ・ドンジーナか、はたまたマッサロンバルダかファルコナーラ・マリッティマか、とにかく遥かかなたを走っていた。

＊デ・アミーチス著『クオレ』に登場する少年。夜中まで父の宛名書きの内職を手伝い、家計を助ける。

エリーゾは、歩いてミーチャ捜しの旅に出た。道路や周囲のようすを見落とさないように、汚れたハンカチで涙をぬぐいながら、ひたすら歩きつづけた。高速道路ではヒッチハイクをし、バスやトレーラートラック、タンクローリーや幌付きのトラックに乗った。夜になると、高架橋の下や中央分離帯の茂み、さもなければガードレールに寄りかかって眠った。募《つの》るいっぽうの悲しみに、体重が七十五キロに減ったが、身長は縮まなかった。

あちこちで、たくさんの人が人捜しをしていた。ミーチャを捜すエリーゾ。マンブレッティ社長の命令でエリーゾを捜す秘密探偵たち。社長は、家出した愛息のことを考えない日はなかった。耳にたこができるかと思うほど、オズヴァルディーナ夫人の文句を聞かされたせいでもある。

「あの子の好きな娘《こ》と結婚させてあげればよかったのよ。時代は変わったんだから、日本製のバイクだからって、いい奥さんになれないと決めつけるのは、良くないわ。しょせん、ほかの女の子たちと変わらないでしょ。これもすべて、栓抜き部品工場の社長としてのあなたの思い上がりのせいだわ。お義父《とう》さまが私たちの結婚に反対されたこと、忘れてしまったの？ あなたは猫用消臭スプレーを製造しているマンブルッチ社のお嬢さんと結婚すべきだっておっしゃったのよ。私のようなつまらない大地主の娘なんて、嫁にふさわしくないってね」

秘密探偵事務所の陰のオーナーでもあったマンブレッティ社長は、ありとあらゆる通信手段と輸送手段を駆使して、海だろうが陸だろうがエリーゾを捜しまわらせた。探偵たちは何か月ものあいだ、肝心なことはなにひとつ書かれていない報告書ばかりを、電報や郵便やバイク便で送りつづけた。

「ボルディゲーラで、退職した国鉄職員に変装したエリーゾを見たという証言あり。以上」

「カーネーションのプランターにカムフラージュしているバイクを発見。以上」

「モンブランで、日本製オートバイの車輪の跡を発見。詳細は別便にて」

その「詳細」というのは、モンブランの絵葉書に矢印が記されたもので、矢印の先にはオートバイの轍《わだち》があるはずなのだが、どう贔屓目《ひいきめ》に見ても、ただの万年雪としか思えなかった。

マンブレッティ社長は、そのような報告が送られてくるたびにどなり散らし、探偵たちを脅す。

「息子を見つけられなかったら、全員ポルトガルに追放だぞ。息子がいるところを捜すんだ。このアホ！　しっかりやれ。X15・75」

「X15・75」というのは、マンブレッティ社長がこのような場合に用いる極秘のペンネームだ。

ようやく、スパイ業を趣味とするバーニャカヴァッロの会計係、探偵K・0《カッパ・ゼロ》が、とてつもなく斬新なアイデアを思いついた。フットプロテクション・シールドのメーカーの巨大広告看板に変装し、太陽高速道路《アウトストラーダ・デル・ソーレ》の、オルヴィエートとボマルツォの中間地点にたたずみ、ことが起こるのを待つことにしたのだ。

カプチン修道士の運転する特別仕様車に同乗したエリーゾが、ちょうどその地点を通りかかる。看板を一目見るなり、大声を張りあげた。

「神父さま、ここで降ろしてください。乗せてくださってどうも。ぜひともまたお会いしましょう」

神父は急ブレーキをかけ、四十二メートルと二十五センチ進んでから止まった。車から飛び降りたエリーゾは、フットプロテクション・シールドの広告に走り寄って、ぽーっと見とれていた。エリーゾは、そのシールドのマニアだったのだ。

ついにエリーゾの姿を見つけた探偵K・0は、毎日泣き暮らしている社長や、祈ってばかりいる母親、彼のことを待ちつづけるスージ・マンブリーニ嬢、彼のことを想いつづけるフォッフィ・マンブローニ嬢、彼の夢を毎晩見つづけるバンビ・マンブリネッリ嬢のことを切々と語りはじめた。

「夢のなかの僕は、どんな姿をしてたって？」エリーゾがたずねる。

「天使の格好をしてたそうです」秘密探偵のK・0は答えた。

「天使は勘弁してほしいね」エリーゾはいった。「どうせなら、シカ革の腹巻をした僕を夢見てもらいたかったな。あれはバイカーの強力な味方なんだ。心地よく肌になじみ、腹部を風から保護してくれる。ちょうどよい温度を保ってくれるけど、汗をかくことはないし、ぐるぐるめくれてしまうこともない」

「シカ革の腹巻なら、私もしています！」

探偵K・0は、興奮気味にそういうと、シャツのボタンをはずし、口から出任せをいったのではないことを証明してみせた。お揃いの腹巻を見ると、エリーゾは急に親近感がわいた。

二人は連れ立ってドライブインに入り、何台も停まっているオランダの観光バスのあいだをすり抜けながら、アイスティーを飲んだ。飲みながらも、探偵K・0は、エリーゾ説得作戦をつづける。

「春はふたたびめぐり、ツバメも巣にもどってくる。殺人犯だって犯行現場に必ずもどってくるといいます。どうしてお坊ちゃんは家にもどりたがらないのです？」

「僕もちょうどおなじことを考えてたんだ」エリーゾは答えた。「だけど、適当な答えが見つからない。子どものころから、質問に答えるのはどうも苦手なんだ」

「いまでもまだ、ミーチャを愛しているのですか？」

探偵K・0は、わざとなれなれしく小声で訊ねた。

エリーゾは、無意識のうちに父親を真似たのか、しばし考えている。やがて答えた。

「そんなことない。よく考えてみれば、一時の恋だったのかもしれない。僕にとっては初恋だから、けっして忘れられないと思うけど、もうこりごりだよ。やっぱり家に帰ることにしようかな……。これまでどおり一週間に十万リラの小遣いをくれるって、パパが約束してくれるなら帰ってもいいよ」

「とんでもない。きっと増やしてくれますよ！」いまや全権を握ったも同然の探偵K・0は、断言した。「十五万リラにね」

「フェラーリも欲しいな」エリーゾは続ける。「スタンゲリーニだって買ってもらえるでしょうね」

「了解です」探偵K・0はいった。

「それと……」エリーゾは最後にいった。「僕、やっぱりバイクと結婚したい。僕を裏切ったミーチャじゃなくて、別のバイクとね」

「ご両親は、必ずや祝福してくださいます！」探偵K・0は明言した。「ガレージにも、祭壇にも、お母さまがお供することでしょう」

「それなら、帰ることにするよ」

エリーゾはようやく決心するのだった。

二人は、探偵K・0の車に乗りこむ。こっそりポルシェに変装しているジャガーだ。道々、文化的な活動もおろそかにすべきではないと、フランチェスカ・ダ・リミニの城や、ポレンタ教会、そしてボローニャの履物《はきもの》フェアーを訪れた。

ちょうどボローニャの柱廊を歩いていたとき、とあるショーウインドーの前で、エリーゾがはたと立ち止まった。いぶかしく思った探偵K・0は、エリーゾがなにに見とれているのか突きとめようとした。店をのぞくと、ヒールなしで百七十二センチという長身、グリーンベルベットの瞳に鳶色の髪、鈴の音が響いてきそうな爽やかな微笑を浮かべた若い女性の店員が見えた。

「きれいですねえ」探偵K・0はいった。「じつにきれいだ」

「そう思うだろ?」と、エリーゾ。「彼女と結婚することにする。彼女以外の人とは、ぜったいに結婚しない。決めたぞ」

いくつか質問と答えをやりとりした結果、探偵K・0は、エリーゾが美女の店員に一目惚れしたのではなく、ショーウインドーに展示されていた洗濯機に恋をしたのだとわかった。最新家電技術の驚異。有能なアーティストによる完璧なデザイン。洗濯機のミスユニバースともいえる機能美。

エリーゾは、ショーウインドーから離れようとしない。一歩もそこを動きたがらないのだ。探偵K・0は、口の中に隠し持っている超小型トランシーバー(義歯に内蔵されていた)に頼るしかなかった。

マンブレッティ社長に連絡を入れると、きっかり一時間後、社長がオズヴァルディーナ夫人を伴ってやってきた。社長はその縁談にあまり賛成ではなさそうだったが、夫人のほうは嬉しくて天にも昇る心地だった。

「考えてもみてくださいな！　お嫁さんが洗濯機なのよ！　モデナ県のどこをさがしても、そんな姑は私ひとりだわ。それに洗濯をするときだって、とっても便利でしょ？」

かくして、エリーゾは洗濯機に結婚を申し込んだ。彼女はノーとはいわなかった。沈黙は同意なり。めでたく二人は結婚し、幸せに暮らした。

その後、ミーチャからの連絡は途絶えたままだったが、風の噂によると、三輪車になり、ブスト・アルシツィオにほど近いブスト・ガロルフォで、穏やかな暮らしを送っているそうである。

6 ピアノ・ビルと消えたかかし

Pianoforte Bill e

il mistero degli spaventapasseri

あるときは、上手《かみて》のそのまた上手の、キノコといえば最高級のポルチーニ茸しか生えず、虫食いの栗の実なんてひとつもないトルファ山地を、またあるときは下手《しもて》のそのまた下手の、ミニョーネ川があてどなく蛇行するルマーケ平原を、さすらいつづける孤高のカウボーイがいた。人呼んで「オリオロのビル」。

というのも、オリオロ・ロマーノ村の牧場主の息子だったからだ。トルファ村の人びとは、彼を「よそ者」と呼ぶ。理由はいちいち説明するまでもないだろう。だが、彼の本当のバトルネームは、「ピアノ・ビル」だった。

風にのって、ベラ・バルトークの『ミクロコスモス』三巻より、四十四ページ九十五番「キツネの歌」の素晴らしいメロディが流れてくるのが聞こえるだろうか。ビルが、忠実な相棒のピアノで演奏しているのだ。

彼とピアノはともに連れだって、トスト山の急勾配を登り、あるいはミニョーネ川が蛇行する、ロッサ河口あたりで野宿する。ビルとピアノは、いつでもいっしょに馬を走らせていた。

白い馬にまたがって前をゆくのが、ビル。黒い馬にまたがって後ろをゆくのが、ピアノ。ピアノとビル。そう、ピアノ・ビルだ。

夜の帳《とばり》がおり、馬が歩みをとめると、孤高のカウボーイはテントを張り、保安官がむやみに近づかないように火をおこす。ただし、そのまえにやることがひとつ。ピアノを馬からおろしてやり、ベートーヴェンの『ディアベッリの主題による三十三の変奏曲』を軽く奏でるのだ。

谷あいに住む農民たちはみな、ベッドにもぐりこむまえに口々にいった。

「今日もピアノ・ビルが三十三の変奏曲を軽く奏でているよ。あいかわらず最高の指づかいだ」

トルファ村の保安官は、もう何日も何日もまえから、ピアノ・ビルを捕まえて牢屋にぶちこむべく、格好のサウンドトラックだとばかりに、ピアノの音色を追っていた。

「よそ者め、今度こそ逃がしはしないぞ」保安官は、心のなかでほくそ笑んだ。

保安官はその言葉どおり、孤高のカウボーイが炭火で焼いたポルチーニ茸をゆっくり味わっているところに、こっそりと近づいていった。少しずつ少しずつ距離を縮めてゆき、いつでも法の名の下に飛びかかれるというときだ。絶対音感を持つビルは、空気がかすかに動いたのを聴きとり、ふりむきもせずにいった。

「そこの保安官。手錠をしまいたまえ。ここはカナーレ・モンテラーノの管轄だ。おまえは、わたしにも、わたしの相棒のピアノにも、指一本触れる権利がない」

「まったく、ずる賢いよそ者め」保安官は吐きすてるようにいった。「おぼえてろ、必ず捕まえてやる。ショパンのマズルカを弾いたって、逃がしはしないからな」

ピアノ・ビルは、とくに力を入れるふうでもなく、片方の眉を持ちあげてみせた。

「わたしはショパンなどめったに弾かぬ。しかも、エチュードなんてもってのほかだ。マズルカを弾くと、決まって雨が降る。それにしても、なんでまたわたしのことをしつこく追いまわす?」

「よそ者め、そんなに知りたければ教えてやろう。このところ、何体ものかかしが姿を消した。厳密にいうと、十二体以上だ。男女問わず、多くの証人が、犯人はおまえだといっておる。村役場は、おまえを絞首刑にするためにロープを購入した。請負の柩《ひつぎ》職人たちにも柩づくりにとりかかるように伝えてある。盗人に対して、われわれは決められたとおりのことをするまでだ」

ピアノ・ビルは考え込んだ。付近一帯のかかしの数が目に見えて減っていることには、孤独なさすらいの旅をつづける彼も気づいていた。ビルは、自分の無実を誓うこともできたが、あえて、なにもいわなかった。シューマンの『森の風景』を何楽章か弾くと、忠実なピアノをグレーのビニールカバーで覆い、寝袋にくるまり、穏やかに就寝した。

保安官も、さほど遠くない場所で床に就くことにした。ピアノ・ビルがぐっすりと眠りについたところを捕まえてやろうという魂胆だったのだ。ところが、保安官のほうが先に眠ってしまった。保安官のいびきが聞こえてくると、ピアノ・ビルはピアノを馬にのせ、自分も鞍にまたがり、ミニョーネ川のあてどない流れに沿って、さすらいつづけた。さすらいこそ、彼の宿命だったから。

ひたすら歩きつづけるうちに、ロータ山のふもと、酢酸《さくさん》を含んだ水が湧く泉にやってきた。ピアノ・ビルは、泉におりて水を飲む。

その水は消化によいことで知られていた。消化さえしっかりできれば、こっちのものだ。果たして、水を飲んでいるうちに、そこからそう遠くない畑でかかしが盗まれていたことを思い出した。そこで、ちょいと一目か二目、現場を見にゆくことにした。

二目見たところで、ビルは重要な手がかりを発見した。「美少女の味方」というたい文句で知られる、デオドラント石鹸《ビューティック》のかけらだ。

「いいか、ビル」孤高のカウボーイは、独りごちた。「このようなブランドの、このような石鹸が、かかしの持ち物だったとは考えにくい。ということは、人間のものだ。男か女かはわからぬが、いずれにしても腋《わき》の下のエチケットを思い出させるラジオコマーシャルを聞いている人物にちがいない。つまり、トランジスターラジオをさがせば、泥棒もこの手におちるというものだ」

ビルは、ヨハン・セバスチャン・バッハの『ゴールドベルク変奏曲』のメロディ（なかでもト短調で書かれた五度の反行《はんこう》カノン、アンダンテの『第十五変奏』）を頭のなかで追いながら、馬を速歩で走らせた。あたりの田園地帯をくまなく調べ、スティリアーノ温泉の渓谷《キャニオン》をくだり、スカレッテ滝まで足をのばし、モンテラーノ遺跡をぬけてふたたび登ってゆく。

こうして、何日も何日も歩きつづけた。歩みをとめるといえば、ミニョーネ川やラ・レンタ渓流の、流れが穏やかになり、小さな沼を形づくっている場所を見つけて、足を洗うときだけ。このような自然にできた沼のことを、川沿いに住む住民たちは「樽桶《ボッターゴニ》」と呼んでいたが、まったく言い得て妙である。

ピアノ・ビルは、「タルタロスの樽桶」や「トマスの樽桶」や「羊飼いの樽桶」で足を洗った（「羊飼いの樽桶」は、池に落ちた羊を助けようとして羊飼いが溺れ死んでというもの、そう呼ばれるようになったといわれている。とはいえ、平泳ぎ五メートルの隠れ世界記録保持者であるピアノ・ビルにしてみれば、溺れ死ぬなんてありえない話だったが……)。

そうして、ある晴れた日のこと、ビルは完璧な手綱《たづな》さばきで馬をとめると、にこやかに微笑んだ。

「まさか聞きちがいではあるまいな? この音楽は、ピエロ・ピッチョーニのオーケストラが演奏する『ノブゴロドの星』ではないか? ああ、たしかにそうだ。『ノブゴロドの星』が流れだすところに、トランジスターラジオがあるに決まってる。トランジスターラジオのあるところに石鹸があり、石鹸のあるところには、かかし泥棒がいるぞ」

『ノブゴロドの星』のメロディをたどってゆくうちに、ピアノ・ビルは文化財・史跡保護官に放置され、荒廃するがままとなっているエトルリア時代の墓廟《ぼびょう》を見つけた。

ビルは、忠実なピアノを馬からおろそうとはせずに、自分だけ馬からおりた。墓廟の入り口に近づき、聞き耳をたて、中をのぞく。あたりのようすを探っているのだ。

しかし、探りかたが不十分だったらしく、樫の木の上で保安官が身を潜めていることには気づかなかった。嘘が得意な保安官にしてみれば、自分がその場にいないふりをすることくらい、お手のものなのだ。

ビルよ！　気をつけろ！

……だが、手遅れだった。保安官は投げ縄でビルを捕まえると、悪魔のごとくあざ笑った。

「よそ者め、おまえの首には、クオーター硬貨一枚だろうと、クオーターボトル一本分の白ワインだろうと、もったいなくて懸けられん。ほらみろ、おまえのピアノなんて、こんなときなんの役にも立たんだろう。いままで口をすっぱくしていったはずだぞ。しょせん音楽なんて無駄なんだ。山羊飼いたちにしてみれば、バッハのかわりに山羊が一頭生まれていたほうが、どれほどありがたかったかわからない」

最愛の音楽家をこきおろされたピアノ・ビルの胸が、疼《うず》いた。

「いまの言葉、必ずや撤回させてみせる！」ビルは叫んだ。

保安官は、ビルの頭上でせせら笑い、西部劇でよく見るように、木の枝から馬の背に直接飛びおりてみせた。そのときだ。エトルリア時代の墓廟から勇ましい男が飛び出し、栓抜きやら爪磨きやらガスライターやらのついたボーイスカウト用万能ナイフで、ビルの首にかかっていたロープを切ってくれた。保安官が勢いよく拍車をかけ、トルファ村目指して走り出したときには、ロープこそ引きずっていたものの、ロープの先端には、ひとりの捕らわれ人もつながれていなかった。勇者は、ピアノ・ビルを墓廟に招き入れた。むろん二頭の馬と忠実なピアノもいっしょだ。

いっぽう、ロープがやけに軽いことに気づいた保安官は、ふりかえってみた。だが牝牛が一頭、のんびりと草を食《は》んでいるだけ。怒りくるった保安官は、牝牛を蹴とばしてやりたい気分だったが、そうもできず、方針を変更し、牝牛に身分証明書の提示を求めることにした。放牧中の牝牛に変装したピアノ・ビルでないことを、確認したかったのだ。

牝牛は行儀よく、「モオオー！」と返事した。このひと言にはいろいろな意味がこめられていたが、保安官ときたら、ひとつも理解できなかった。

エトルリア時代の墓廟のなかでは、ピアノ・ビルと、彼の命の恩人である勇者とが、名乗りあっていた。

「わたしは、オリオロのビル」

「お近づきになれて光栄です。僕はヴィンチェンツィーノです」

するとする墓の奥から、もうひとりの若者が進み出た。


「あなたもヴィンチェンツィーノ？」と、ピアノ・ビルがたずねると、

「いいえ、あたしはヴィンチェンツィーナですわ」と女性の声が答えた。

驚いたことに、男のように見えたその人は、じつは女だったのだ。当然、ピアノ・ビルの鋭い目が重要な細部を見逃すわけがない。ヴィンチェンツィーナは、あちこちにほころびのある、緑と紫の格子柄のジャケットを着ていた。たしか、おなじようなジャケットをかかしが着ていたはずだ……。

「あなたは、《ビューテック》のデオドラント石鹸を使っていますね？」ビルが単刀直入にたずねる。

「はい」と素直に答える彼女。

「あのトランジスターラジオは、あなたのですね？」頭の切れるピアノ・ビルは、かぶせるように質問する。

折しも、ラジオからはタランテッラ風に編曲したチャイコフスキーのアリアが流れていた。

「ええ、あたしのですわ」ヴィンチェンツィーナは正直に認めた。「このラジオがないと、身寄りをなくした子どものような気持ちになるの」

「ということは……」ピアノ・ビルは容赦しない。「かかし泥棒はあなただ」

「なんてことをいうんだ、よそ者め」ヴィンチェンツィーノが口をはさむ。「命を助けてあげたのに、僕の恋人を侮辱するのか！　そんなことより、敵をおなじくする仲なのだから、手をとりあって闘おうじゃないか」

いくつものクエスチョンマークを連発したあと、ピアノ・ビルはようやくことの経《いき》緯《さつ》をすべて知ることができた。

ヴィンチェンツィーノとヴィンチェンツィーナは秘かに愛し合っていた。ところがヴィンチェンツィーナに目をつけた保安官が、ドン・ファンよろしく追いかけまわしたそうだ。そのためふたりはこうして身を潜め、木の実や根、ミニョーネ川の砂利にまみれて手づかみでとった魚などを食べながら、暮らしていた。

逃げてくるとき、ヴィンチェンツィーナはミニスカート姿で、持ち物といえばトランジスターラジオとデオドラント石鹸だけだった。そんな恋人に、追われる身のうら若き女性にふさわしい服装をさせたいという一念から、ヴィンチェンツィーノがかかしを盗んでいたというわけだ。

「よくわかった」心やさしいピアノ・ビルはいった。「だが、だからといってなぜ、十二体以上も盗む必要があるんだね？」

「女というものは、だれにでも弱点があるものです」ヴィンチェンツィーノは包み隠さず話した。

ふたりは、ピアノ・ビルを墓廟の別の場所に案内した。ふたつの部屋がひとつにつながっている、バスもトイレもない部屋だ。そこにはなんと、クローゼットさながらに、かかしの着ていた服が全部ずらーっと掛かっていた。

「あたしだって、着替えくらい必要だわ」ヴィンチェンツィーナが、大きな瞳を伏せて言い訳した。「毎日毎日、昼も夜もおなじ服で出掛けるなんて、我慢できないの」

「たしかにそのとおりだ」騎士の心を持つピアノ・ビルは、乙女心をくんでやった。

日も暮れかかったころ、恋と音楽の敵である保安官をぎゃふんといわせるために必要な段取りを決めると、ピアノ・ビルは墓廟をあとにした。もちろん、ラジオの音を小さくするよう、ヴィンチェンツィーナに忠告することも忘れない。

「それより、一度でいいから三チャンネルを聴いてみてください。エミール・ギレリスのコンサートが毎日のように放送されています。彼はよく、スカルラッティやプロコフィエフやショスタコーヴィチの曲を演奏しますが、決闘の瞬間が差し迫っているいま、精神を強く保つのに、これ以上のものはありません」

ピアノ・ビルはひたすら歩きつづけ、トルファ村の近くまでやってきた。そして、二頭の馬を栗の木に結び、牝牛の陰にピアノを隠した。

ぼろぼろになった靴をはき、正体がバレないようにローマからの巡礼者になりすまして村に忍びこむと、保安官の家のドアにメモをはさんだ。「明日の真昼《ハイヌーン》に待つ。荒野の決闘の火蓋が切られるのだ。ピアノ・ビル」

ビルはふたたび馬にまたがり、あちこちの畑をまわって、かかしを全部もとの場所にもどした。それから独りになると、忠実なピアノでバッハの『フーガの技法』の練習をはじめた。この曲を最後まで独奏できたピアニストは、世界広しといえどひとりもいない。

「なんだか、きな臭いぞ」農民たちは、ベッドにもぐって震えながら口々にいった。

「ピアノ・ビルがまた『フーガの技法』を練習している。それにしても、最高の指づかいだなあ」

翌日、あと五分で正午という時刻になると、トルファ村の住人はみんな自宅に閉じこもり、ドアというドア、窓という窓にしっかりと鍵をかけ、パスタを茹《ゆ》ではじめた。十二時三分前、保安官が広場の隅に姿をあらわす。両手に一丁ずつピストルを握り、さらに二丁を腰に差し、五丁目はカウボーイハットのなかに忍ばせて。

十二時一分前、おなじ広場の反対側の隅に（まったくなんたる奇遇！）、ピアノ・ビルと、相棒のピアノ、そしてヴィンチェンツィーナの手を握ったヴィンチェンツィーノと、トランジスターラジオを握りしめたヴィンチェンツィーナが姿をあらわす。馬の背から飛びおりたピアノ・ビルは、ピアノを馬からおろすと、専用のキャスターで転がしながら、自分のまえに置いた。

「反則だ！」保安官がわめいた。「荒野の決闘に盾を持ち込むことは、禁じられている！」

「よく見るがいい」ピアノ・ビルはいった。「わたしは武器など持っていない。銃口から煙を出すことには反対なんだ。わたしは、このピアノでおまえと闘ってみせる。男と男の真剣勝負だ」

保安官はあざ笑い、ピストルを構えた。そして、引き金を引こうとしたまさにその瞬間、ビルのピアノから、驚くほど力強い曲が流れてきた。

あまりに強烈だったため、法をつかさどる資格のない保安官の脾臓に、幽門に、そして喉仏《のどぼとけ》に、激痛が走った。保安官は両手で喉をおさえ、地面にどさりと倒れこみ、土ぼこりにまみれて七転八倒した。トルファの村人たちが窓をあけると、ちょうど保安官が泣きじゃくっているところだった。

「頼む、勘弁してくれ！　認めるよ！　バッハは偉大なり！　ピアノ・ビルは無実。ヴィンチェンツィーナは、忘れえぬ初恋の相手と結婚するがいい！」

これこそ、ピアノ・ビルが保安官の口から聞きたかった言葉だった。

その後のことはご想像の通りである。ヴィンチェンツィーノとヴィンチェンツィーナはめでたく結婚式を挙げることになり、式のバックミュージックの演奏を、ピアノ・ビルに弾いてもらいたがった。

「どうか、あたしたちのために、シューベルトの『アヴェ・マリア』を弾いてくださいな」と、ヴィンチェンツィーナは懇願した。

雲行きがあやしくなり、困りはてたビルの顔は、苦渋に歪んでいた。

「それだけは勘弁してくれ」と、つぶやくビル。「どうしてもシューベルトを、というのなら、五重奏『鱒《ます》』のピアノの部分を……」

だが、ヴィンチェンツィーナはなにがなんでも『アヴェ・マリア』を弾いてもらいたかった。村長のお嬢さんのときも、学校の先生の娘さんのときも、お姉さんのカルレッタのときも、従姉のロッサーナのときも、結婚式には『アヴェ・マリア』が奏でられていたからだ。

「すまない……」自分を偽ることを知らないカウボーイは、消え入りそうな声でいった。「これだけはどうしてもゆずれない。友よ。どうか許してほしい」

馬に拍車をかけると、ピアノ・ビルはギャロップで遠ざかっていった。そう、ふたたび孤独な旅に出るために……。

孤高のカウボーイよ。どこまでもゆくがいい。おまえが、忠実なピアノでモーツァルトを奏でるとき、ミニョーネ川のたうつ流れが伴奏してくれるだろう。そして、雲までもが、神々しい音色の三十二音符たりとも聞き逃すまいと、足音をしのばせて静かに空を渡ってゆくだろう。

7

ガリバルディ橋の釣り人

Il pescatore di ponte Garibaldi

アルベルトーネと呼ばれているアルベルト氏は、もっぱらローマの釣り人だ。ガリバルディ橋やほかの橋から、テヴェレ川に釣り糸をたれている。

釣り竿はいつもおなじだが、餌はおなじというわけではない。イチジクの実が大好物の魚がいれば、コオロギが好きな魚や川虫が好きな魚もいるからだ。

だがなんといっても厄介なのは、アルベルトーネが、魚たちに少しも好かれていないことだ。冬だろうが夏だろうが、彼の釣り餌に魚が食らいつくことはない。四六時中、橋の欄干に寄りかかり、せめてボラかみすぼらしいアブラハヤでもいいから、ぷかぷか浮いている浮きに同情し、真の釣り人の心までもぐっと水の下にひきつけるように餌をつついてくれないかと待ちわびている、そんな人がいたら、それがアルベルトーネだ。

朝の八時に、トラステヴェレ通りからアレヌラ通りの方向に、ガリバルディ橋を車で渡ってみてほしい。そして日が暮れるころ、おなじルートを今度は逆向きに通ってみる。仕事中は友だちに頼んで、違う時間に橋の上を行ったり来たりして、確かめてもらうのもいいだろう。アルベルトーネは必ずやそこにいるのだから。通りに背中を向けて。夕方近くなると、気落ちして背中がいくぶん小さくなっているかもしれないが、それでも彼であることには変わりない。

いっぽう、アルベルトーネから三メートルほどのところにいる男は、これっぽっちも釣り人らしくない。一見したところは、百科事典の訪問販売員にも思えるくらいなのだが、手巻きリールを開け、釣り糸を川に投げ入れた。すると、浮きのバランスがとれたかとれないかのうちに、一匹のギンブナがまさに尾をふりふり泳いできたかと思うと、全身を銀色に輝かせて釣りあげられたのだ。長さ四十センチ、重さ二キロはあるだろうか。信じがたいほどの大物である。

その男が、釣ったギンブナをびくに入れ、どこにでもいるようなミミズを針にかけると、三十秒ほどで今度は千八百グラムもあるニゴイを釣りあげた。ニゴイは、四本のヒゲの下で、幸せそうに笑っているように見えた。

「なんだ、魚たちは。あいつの機嫌ばかりとりやがって」アルベルトーネはぶつぶつ文句をいった。

その男も、釣り糸を投げるたびに何かつぶやいているようだ。アルベルトーネは近づいていって、なんといっているのか聞いてみた。

お魚よ、かわいいお魚ちゃん
ジュゼッピーノのところにおいで

するとたちまち魚が食らいついた。アルベルトーネはそれ以上耐えきれず、声をかけた。

「すみません、ジュゼッピーノさん。お邪魔をするつもりはありませんが、どうやったら魚が釣れるのか教えてくれませんか？」

「とっても簡単なことですよ」男は微笑みながら答えた。「よく見ていてくださいね」

男はふたたび釣り糸を投げ、ふたたび早口で、まじないをつぶやいてみせた。

お魚よ、かわいいお魚ちゃん
ジュゼッピーノのところにおいで

すると、ウナギがかかった。本来ならばテヴェレ川のこのあたりにいるはずのない魚だ。

「じつにおみごと」アルベルトーネはあっけにとられていった。「ぼくも試してみてもかまいませんか?」

「もちろんですとも」と、男は答えた。

そこでアルベルトーネもおなじようにしてみたが、このまじないは彼が唱えたのでは通用しないらしい。

「うっかりしてました」と、男がいった。「あなたはジョルジョという名前ですか?」

「いいえ。それが何か関係でも?」

「大ありです」男はいった。「わたしの名前はジョルジョで、呼び名はジュゼッピーノ。だからこそ、魚はわたしのいうことをきくのです。いいですか、魔法というものは百パーセント正確でないと、ダメなものです」

アルベルトーネは、手ばやく荷物をまとめると、急ぎ足でビッソラーティ通りに向かった。そこには、過去への旅をとりあつかう旅行代理店《タイムツアー》があるのだ。アルベルトーネは、エンジニアに事情を説明した。エンジニアは電子頭脳《コンピュータ》でなにやら計算すると、そろばんで間違っていないか確認したうえで、タイムマシンを設定した。

「これでよし。この肘掛け椅子にお座りください。では、よいご旅行を。おっと、そのまえに、お支払いはお済みですかな?」

「当然でしょう。ここに領収書もあります」

エンジニアがタイムマシンのボタンを押すと、アルベルトーネは一八九五年に来ていた。アルベルトーネの父親が生まれた年だ。過去にやってきたアルベルトーネは、捨て子として孤児院で暮らすことになった。地獄のような日々を過ごしたあと、ようやく孤児院を出て、アルベルトーネの父親が働くATAC(ローマ公営交通社)に就職する。こうして、二人は友だちになった。父親が結婚し、息子が生まれると、アルベルトーネは未来の自分のために忠告した。

「ジョルジョと名付け、呼び名をジュゼッピーノとするんだ。そうすればきっと成功するだろう」

父親は、少しだけ抵抗した。「そういわれても、長男にはアルベルトという名前をつけるつもりでいたんだが……。まあ、きみのいうとおりにしておくとするか」

こうして子どもが生まれ、ジョルジョと名付けられる。呼び名はジュゼッピーノ。

幼稚園に行き、学校に行き、そして……。すべてが以前とまったくおなじだった。アルベルトがたどった人生とおなじ人生。だが、名前だけが違っていた。アルベルトーネ――いまではジョルジョという名で、ジュゼッピーノと呼ばれていたが――は、まったくおなじ人生をやり直すのに、いささかうんざりしていた。まるで、四十回続けて留年するようなものだ。例の時刻のガリバルディ橋にもどるには、四十歳と五か月までたどりつかなければならなかったのだから。それでも、こんどこそ魚が自分のいうことをきいてくれるだろうと思い、アルベルトーネは自分を慰めていた。

いよいよ運命のその日、その時刻――つまり、あの幸運な釣り人にはじめて出会ったときとおなじ日のおなじ時刻――がやってきた。元アルベルトーネはガリバルディ橋に急ぎ、釣り竿を組み立て、餌をつけ、釣り糸を投げた。そして興奮のあまり心臓が口から飛びだしそうになりながら、一語一語丁寧にまじないを唱えた。

お魚よ、かわいいお魚ちゃん
ジュゼッピーノのところにおいで

ところが、何も起こらない。

しばらく待ってみた。

それでも、何も起こらない。

もう少し待ってみる。

やはり、何も起こらない。魚は、小賢《こざか》しいやり方にはひっかからないものだ。アルベルトーネ＝ジョルジョ＝ジュゼッピーノの右手三メートルのところには、例の釣り人がいて、ポータブルコンロでトウモロコシを茹でていた。そして、よく茹だったトウモロコシをひと粒針にさして釣り糸を投げると、十二キロはあるコイを釣りあげた。コイは嬉しくて、尾びれを真っ赤に染めている。

「そんなの、ナシだ！」元アルベルトーネは、叫んだ。「いまはぼくだって、名前はジョルジョで、呼び名はジュゼッピーノだ！　それなのに、なぜあなたのところにだけ魚が寄ってくるのです？　これこそ、まさに不公平というものだ。あなたを訴えてやる！」

「なんですって？」男はいった。「おまじないが変わったのをご存じないのですか？

よく聞いてご覧なさい」

男は餌をつけて、釣り糸を投げ、針が水の中に沈んでいくのを見ながら、陽気に唱えた。

お魚よ、かわいいお魚ちゃん
フィリッピーノのところにおいで

するとどうだろう。またコイが釣れたのだ。さっきのコイの双子にちがいない。重さ十二キロでないとしたら、まちがいなく一万二千グラムというところだろう。

「ところで、フィリッピーノというのは誰なんです？」

「わたしの弟です」幸運な釣り人はいった。「弟は原子物理学者でしてね。釣りをする暇がないんですよ。ところが、わたしは失業中ですから、時間ならたっぷりある」

——チクショー！——アルベルトーネは心の中で思った。——フィリッピーノという名前の弟なんて、いるわけないじゃないか。ぼくには妹しかいない。しかもヴィットリア・エマヌエラという名前だぞ！　どうすりゃいいんだ？——

アルベルトーネは、さっそく《タイムツアー》社にもどり、エンジニアに事情を説明した。エンジニアはしばらく考えていたが、電子計算機と相談し、伯母に電話をした。それからこういった。

「レジでお支払いをお願いします」

今回アルベルトーネは、何世紀も昔にさかのぼらなければならなかった。曾・曾・曾・曾祖父の、そのまた曾・曾・曾・曾祖父と友だちになり、彼とおなじ宿に泊まりあわせるチャンスをつくるため、わざわざいっしょにコンポステッラにある聖ヤコポの巡礼に出たのだ。そして、彼が眠っているあいだに、こっそり注射を打った。この注射のおかげで、わずかずつながら血筋が変わってゆく。それも、誰も気づかないくらいごくわずかずつだ。

こうして、ヴィットリア・エマヌエラが生まれてくるはずのところで、かわりに男の子が誕生した。その子はフィリッピーノと呼べるようにフィリッポと名付けられた。すべての手はずを整えるのに、いささか時間がかかったものの、アルベルトーネが現在にもどってきたときには、フィリッピーノという呼び名で、三十六歳、豪華客船のコックをしていて、いまだに独身の弟が存在していた。

アルベルトーネは釣り竿をひっつかみ、ガリバルディ橋へと走った。じつに優雅に釣り糸を投げたので、四十三番のトロリーバスの窓から、車掌が「おみごと！」と声をかけたほどだ。

いうまでもなく、彼は新しいまじないを唱えた。

お魚よ、かわいいお魚ちゃん
フィリッピーノのところにおいで

ところがどっこい、馬の耳に念仏だ。いっぽう、もうひとりの釣り人はアブラハヤを釣りあげたが、針からはずそうともせず、そのまま釣り糸を川に投げた。次の瞬間には、立派なカワカマスが、習性どおり生き餌に食らいついてきた。カワカマスは、ふつうなら、ENEL（イタリア電力公社）のダム以北に棲む魚だ。こんな南までテヴェレ川を下ってきたのだとしたら、それは、幸運な釣り人を喜ばせるためにほかならない。

「そんなのナシだ！」アルベルトーネは絶叫した。アルゼンチン広場からマスタイ広場まで渋滞を引き起こすほどの大声で。

「ぼくの名前はあなたとおなじジョルジョ。あだ名もあなたとおなじジュゼッピーノ。あなたの弟とおなじフィリッピーノという名の弟もいます。いいですか。弟を持ったために、最愛の妹ヴィットリア・エマヌエラまで犠牲にしたのです！　それなのに魚たちは、まるでぼくが猩紅熱《しょうこうねつ》にでもかかっているかのように避けて通る。まさか、またまじないが変わったなんていうんじゃないでしょうね！」

「変わったに決まってるじゃないですか！　いまはこういわないとダメなのです」

お魚よ、かわいいお魚ちゃん
マルティーノ修道士のところにおいで
「マルティーノ修道士って、いったい誰のことなのです?」

「わたしの義理の弟です。フランチェスコ会の修道士でしてね、托鉢《たくはつ》のためにあちこちまわらなければいけないもんですから、釣りをする暇がないのです」

「だったら、ぼくが金を寄付してやる」アルベルトーネは叫んだ。

幸運な釣り人に飛びかかり、釣り人を橋の欄干にひきずりあげると、テヴェレ川に投げこんでしまった。その一部始終を、退職した元女性教師が、六十五番のトロリーバスの窓から見ていた。彼女は窓から身をのりだして、「そこの若いの！　あなたは、学校でそんなことを教わってきたのですか？」と怒りくるってどなりつけたが、無駄だった。

アルベルトーネには聞こえていなかった。彼女の姿なんて、目にも入っていなかったのだ。橋の下で、何百匹という魚が幸運な釣り人をかつぎあげ、ジャケットを濡らさないように、細心の注意をはらいながら岸に運ぶ光景を、呆然とながめているだけだった。残念なことに、波がかかって釣り人のズボンはびしょ濡れになってしまったが、すかさず一匹の魚が、電池式ドライヤー（テヴェレ川にはコンセントの差込み口がなかった）で乾かしてくれた。

ジョルジョ＝ジュゼッピーノ氏は満面の笑みを浮かべ、小さなはしごをのぼってきた。そして、釣り人を川に投げ込んだ罪で二人の公安警察官に逮捕されかけていたアルベルトーネを、間一髪のところで助けてあげた。

「たいしたことじゃないんですよ」と、ジョルジョ＝ジュゼッピーノ氏は説明した。

「何もかも冗談なんです。ちょっとばかり行き違いがありましてね。子どもの悪ふざけみたいなものです、おわかりでしょう?」

「しかし、この男はあなたを、生きたまま溺れさせようとしていたじゃないか!」

「溺れさせるだなんて! お願いですから、大げさに騒がないでくださいな。アルベルトーネさんの身元は、わたしが保証しますよ。それに、新しい釣り竿を買えるよう、募金活動もはじめるつもりです。彼の釣り竿は川に落ちてしまいましたからね」

それは本当のことだった。怒りのあまり、アルベルトーネは釣り竿を魚たちに投げつけてしまったのだ。魚たちはといえば、手に入れた釣り竿で槍投げをしている。

こうして騒ぎは無事に終結した。警官たちは映画を見にゆき、野次馬どももめいめいの方角に散ってゆき、車の往来もひたすら走りつづける本来の姿にもどった。何もいわず、仏頂面で自分のベストのボタンを見つめたままじっとしているアルベルトーネを尻目に、ジョルジョ＝ジュゼッピーノ氏は、ふたたび釣り糸をたれはじめた。

お魚よ、かわいいお魚ちゃん
マルティーノ修道士のところにおいで

すると、また魚が釣れた。いまや河口のフィウミチーノからも魚がやってくる。海からも、われもわれもと駆けつける。ボラ、メバル、シタビラメ、ヨーロッパキダイ、クロダイ、スズキ、ニベ、フサカサゴ、マグロ、サバまでが、頭や尾を思いっきりぶつけながら、われ先にと泳いでくるのだ。ヨシキリザメを釣りあげるときなど、ジョルジョ＝ジュゼッピーノ氏は、六十番のトロリーバスの車掌二人と、ソンニーノ広場のカフェのウエイター二人に手伝ってもらわなければならなかった。

さすがに、モビー・ディックのいとこかと思うほど巨大な白鯨が、陽気に水しぶきをあげながらティベリーナ島の陰から姿をあらわしたときは、ジョルジョ＝ジュゼッピーノ氏は指で「ノー」という合図をし、釣りあげるのを断った。

「哺乳類はお断りだ！　魚だけにしてくれ！」

アルベルトーネは、口をつぐんだままじっと見ていた。頭がヘンになってしまったのだが、誰にもいわなかった。精神科の病院に入れられたくない。

いまでも、ガリバルディ橋やそのほかの橋では、昼となく夜となくテヴェレ川の水面をうかがうアルベルトーネの姿がある。そばを通ると、彼のつぶやく声が聞こえるだろう。

お魚よ、かわいいお魚ちゃん
ロベルティーノのところにおいで……
お魚よ、かわいいお魚ちゃん
ジェンナリーノのところにおいで……
エルネスティーノのところにおいで……
ゴッフレディーノのところに……
ジョコンディーノのところに……
カテリーノのところに……
テレジーノのところに……
アヴェッリーノの町に……ボロディノ会戦に……

アルベルトーネは、この世で最もつかみどころのない生き物である魚が、ようやく音《ね》をあげて、いうことをきいてくれるまじないを探しているのだ。夏の陽射しも感じない。冬には、ティベリーナ谷から吹きつけ、橋まで砕いてしまう山おろしさえものともしない。氷のように冷たい川に棲むギンブナでさえ、毛皮のコートを羽織り、頭にコザック帽をかぶりたくなるほど冷たい北風だというのに。

彼は、ひたすら正しいまじないを探している。ただし、探し物が必ずあらわれるとはかぎらないが……。

8

箱入りの世界

Il mondo in scatola

トルファ山でピクニックを楽しんだゼルビーニ一家、そろそろローマの街なかの、チヴィタヴェッキア通りにある我が家にもどろうと、帰りじたくをはじめた。自然愛好家であり整理整頓好きでもあるゼルビーニ氏は、家族のみんな、つまり妻のオッタヴィア、息子のアンジェロとピエロ、娘のロゼッラ、その恋人のピエルルイジに、ゴミをあたりに散らかさないよう念をおした。

「いいか、きちんと片付けるんだぞ。いつもみたいに、一か所に積みあげて帰るようじゃ困る。あそこの草むらを見てみろ。紙コップひとつ置いてないじゃないか。どの木にも平等に分け与えてやるんだ。差別をしてはいかん。汚れた紙ナプキンは樫の木の下へ、空き瓶はあそこの栗の木の下だ。よし、いいぞ。これできれいになった」

　空き瓶は三本。ビール瓶が一本に、オレンジジュースが一本、もう一本はミネラルウォーター。栗の木の根元で、みごとなトリオを組んでいる。それを見たアンジェロとピエロは、小石を投げて的当てがしたくなったが、残念ながら時間がない。ポータブルラジオも忘れずに車に積みこみ、陽気にクラクションを鳴らして森に別れの挨拶を告げると、大都会《ローマ》に向けて出発した。

　どんどん走り、アッルミエーレ村の下り坂も半ばに差しかかったときのこと。後続車にアッカンベエをしてやろうと、リアウインドーにへばりついていたアンジェロ&ピエロ兄弟が、おかしなことに気づいた。木の根元にきちんと捨ててきたはずのビールの空き瓶が、アスファルトの上を器用に転がって、車のバンパーから数十センチのところを追いかけてきているのだ。

「父さん、見てよ」兄弟は仲良く声をあげた。「ビール瓶がぼくたちの車を追いかけてくるよ」

「わたしが見るから、あなたは運転を続けてちょうだい」オッタヴィア夫人がいった。

後ろを振り返ると、オレンジジュースの空き瓶とミネラルウォーターの空き瓶が、ビールの空き瓶といっしょになってトリオを組み、ガラガラゴロゴロ飛び跳ねながら、車を見失うまいと必死で追いかけてくるではないか。

「まるで三匹の子犬みたいね」姉のロゼッラがいうと、恋人も賛成した。

「ねえ、父さん。もっとスピード出してよ。あいつらを引き離してやるんだ」

ところがゼルビーニ氏は、スピードを出すことができない。すぐ前を別の車が走っていたからだ。よく見ると、その車の後ろからも、アスファルトの上をガラゴロいいながらビール瓶が転がってゆく。ビール瓶だけでなく、コンビーフの缶とオイル漬けの魚の缶もいっしょだった。もちろん、空き缶であることはいうまでもない。ちょうどそのとき、ゼルビーニ家の慎ましい小型車を見下すように、エンジンをふかしながら、大きな高級車が追い越していった。その後ろからも、飛んだり跳ねたり転がったり弾んだり回転したりして、空き缶やら空き瓶やらが追いかけてゆく。赤ワインのボトル一本に、炭酸水の瓶三本、オイルサーディンの空き缶二つに、キャビアの小瓶が一つ、プラスチック皿が一ダースほど……。これらの容器がいっせいに音を立てると、ブラスバンド並みのにぎやかさだ。なかなかみごとな打楽器のコンサートとでもいうべきか。

「ほら、見てごらん。よその車もみんなそうだ。タイヤがパンクするより、よっぽどましだよ」ゼルビーニ氏はそう結論づけた。

アルレリア通りには、空き缶や空き瓶、プラスチック容器などを後ろに従えた車の、長い列ができていた。それぞれの容器が、独特の音を個性的なリズムで奏でながら、ちょこまか小股で走ったり、大きく飛び跳ねたりしてゆく。それがカーブに差しかかるたびに、思いきりねじれるのだ。見ているだけで楽しくなるような光景だった。ゼルビーニ氏は、子どものころ《ドンチャンバンド》を結成して皿を叩いていたことを思い出した。その昔、伯父がゴミバケツやストーブの煙突を叩いていたのも、おなじバンドだ。

アンジェロとピエロは、今度はゆっくり走ってくれるよう父親に頼んだ。猛スピードで追い抜いてゆく特別仕様車の後ろから、わらを巻いたワインボトルや、五リットルか十リットル入りの真っ白なポリ容器、その他ありとあらゆる種類の絵になるような容器が、エレガントに跳ねながら転がってゆくのを見たかったからだ。

一家がマンションに着き、エレベーターに乗ろうとしたところで、ちょっとしたトラブルがあった。ゼルビーニ家の三本の空き瓶が、オッタヴィア夫人に先を譲ろうともせず、さっさと乗りこんでしまったのだ。おまけに、エレベーターの中では少しもじっとしていられず、子どもたちの足を踏んだり、ロゼッラのストッキングを破いたり、ピエルルイジのズボンの裾の折り返しをごそごそいじくりまわして嫌がらせをしたりした。空き瓶たちがローマ見物だけで満足して帰るつもりでないのは明らかだ。案の定、ドアを開けたとたん家にあがりこみ、廊下を転げまわるわ、ベッドの上で飛び跳ねるわ、大騒ぎ。

あげくの果てに、ビール瓶はゼルビーニ氏の枕の下に入り、オレンジジュースの瓶はオッタヴィア夫人のベッド脇に敷かれたマットにもぐりこみ、ミネラルウォーターはビデのなかに横たわって眠ってしまった。蓼食《たで》う虫も好き好きというわけか。

子どもたちは大はしゃぎだが、大人は喜んでばかりもいられない。ロゼッラは、ピエルルイジからかかってきたおやすみの電話で、少しばかり慰められた。

「聞いてくれよ。俺のベッドには、皮むきトマトの空き缶が眠ってるんだ。俺、トマト味のパスタなんてぜったいに食わないのに……」

とはいえ、空き缶も空き瓶も、どうやら早寝の習慣があるらしかった。おまけに、寝ている最中に足で蹴っとばすこともなければ、夢を見ながらいびきをかくこともない。要するに誰に迷惑をかけるでもなく、ぐっすりと眠ってくれた。

朝は、みんなが起きてくる前にさっさとトイレをすませ、洗面所も散らかさない。そのうち大人も子どもも起きてきて、身じたくをすると家を出ていった。子どもたちは学校へ、ゼルビーニ氏は仕事場へ、オッタヴィア夫人は市場へ。空き容器たちは、家でお留守番だ。

新しいメンバーが加わって、四つになった。挽いたコーヒー豆の空き缶が、ゴミ箱から飛び出してきたのだ。ラベルがついたままのコーヒー缶は、キッチンのシンクで身づくろいをした。ガチャガチャとやかましい音を立てはするが、割れて破片が散らばる心配はない。

「とにかく今日のところは、缶詰も瓶詰もいっさい買わないことにしましょう」オッタヴィア夫人は心の中でつぶやいた。

　道々、思い思いに転がってゆく空き容器たちと何度かすれ違う。みんな、きちんと信号を守り、青で渡っている。街灯の柱のちょうどよい高さにある公共ゴミ箱に、段ボールでできた靴の箱をつっこんでいる男がいた。ところが、男が向きを変えて立ち去ろうとした瞬間、捨てられたはずの靴箱がゴミ箱から飛びだし、ぴょんぴょん跳ねると、彼のすぐ後ろにぴったりとくっついた。あちこちから安堵のため息がもれる。やれやれ、我が家に限った現象じゃないらしい……。

　お昼どきのゼルビーニ家では、空き瓶三本とコーヒーの空き缶一つが、バルコニーで新鮮な空気を吸っていた。

「いったいどうする気なのかしら？」オッタヴィア夫人が夫にたずねた。

「とにかく、膨張するつもりでいるらしい」

「どういうこと？」

「気がつかないのか？　ビール瓶は少しずつふくらんで、いまや優に二リットルは入る大瓶になった。あのコーヒー缶は何グラム入りだったっけ？」

「五百グラムよ」

「ほらな。いまじゃあ、少なく見積もっても五キロは入る」

「だけど、成長するためには栄養が必要でしょ？」科学的好奇心の強いアンジェロとピエロが質問した。

「空き容器だから、空間から養分をとってるんじゃないかと思うんだ」

　その日の夕刊に、ゼルビーニ氏の推測が正しかったことを証明する記事が載っていた。容器・包装・梱包の専門家であり、理工科大学で容器包装学を教えるビンカーン教授の見解として、次のように書かれていたのだ。

「これはごく正常な現象といえるでしょう。われわれには未知の効果により――これを《タレゾシル効果》と名付けることにしました――、いったん空になった容器は、どんどん空になってゆく性質のあることが明らかになったのです。空になるためには、大きくなる必要がある。自明の理ではありませんか。今後たいへん興味深いのは、これらの容器が最終的に破裂するか否かということです」

「まあたいへん！」オッタヴィア夫人は、椅子の脇に来て、彼女の肩越しに新聞を読んでいたミネラルウォーターの瓶を見ながら叫んだ。「破裂なんかしたら、食器棚に付いている鏡が割れてしまうわ」

夕食が終わるころ、ミネラルウォーターの瓶は、もはや冷蔵庫くらいの背の高さになっていた。ほかの二本もどっこいどっこいだ。コーヒー缶は箪笥《たんす》並みの大きさになり、ちょっと遊びにいった子ども部屋の約半分を埋めつくす始末。

「この大学教授は、ごく正常な現象だといっている」ゼルビーニ氏が知ったかぶって説明をはじめた。「つまり、異常現象ではないということだ。わかるかい？　まったく、おまえときたら現象学のことをこれっぽっちも理解してないんだから」

「そんなこと、わたしにはわからないわ」オッタヴィア夫人は開き直った。「あなたはよくご存じのようだから訊くけれど、今晩わたしたちはどこで寝ればいいの？」

そういって、彼女は夫を寝室に連れてゆき、オレンジジュースの瓶とビール瓶に占領されている夫婦のベッドを指差した。掛け布団はふたつの小山のようにぽっこりとふくらみ、頭のない首が、いやいや、蓋のない首が枕のうえにちょこんと載っている。

「たいした問題じゃない。そう騒ぐな」家長はいった。「二人分のスペースがあるところには、四人分のスペースもあるものだ。それに、自分だけよければそれでいいというのでは困るぞ」

一週間もすると、コーヒー缶は子ども部屋を全部ふさぐほどの大きさになった。こうなったら、ベッドもしゃれたサイドテーブルも、缶の中に置くしかない。アンジェロとピエロの兄弟はたいそう面白がり、グリンピースの缶詰ごっこをして遊んだ。

いっぽう、娘のロゼッラの部屋では、ニキビ治療クリームのチューブが膨張していた。ソファーベッドと鏡台、『世界の巨匠』シリーズ全巻、サボテンの鉢植えが三個、ビートルズのポスター、レコード、それに恋人がサラエヴォで買ってきてくれた東欧風のスリッパ、大切なぬいぐるみや人形を入れておく籠（ときどき猫も眠っている）が、まとめてすっぽり納まるくらいの大きさだ。

キッチンに陣取ったミネラルウォーターの大瓶は、気をつかって縦に膨張したため、窓からどんどんと伸びてゆき、いまや砲口のように外に突き出していた。隣近所でも、そこここの家の窓からガラスの大砲がいくつも突き出しているので、そんな光景を目にしても、いまさら誰も動じない。

ゼルビーニ夫妻のベッドを占領した二本の瓶は、寝そべったまま成長を続け、まったく動こうとしなかった。それはそれで好都合なこともある。このおしどり夫婦、寝るときには瓶の中にもぐりこみさえすればよかったのだ。

夫人は、ビールの臭いには堪えられないといって、オレンジジュースの瓶で眠った。二人が瓶の中で眠る姿は、なかなかの見ものだろう。さながら、かつて腕を鳴らした老練の船乗りか、はたまた孤独な終身刑服役囚が、はかりしれない根気でもってこしらえた、風格のあるボトルシップのような雰囲気だ。だが、これはあくまでも想像にすぎない。じっさいのところは、寝室の灯りが消えていて誰も見ることはできなかったのだから。

街じゅうどこの家でも、おなじようなことが起こっていた。人びとはまもなく、ワインのボトルやジャムの瓶、冷凍食品の容器から出入りすることに慣れてしまった。弁護士は靴の箱や本のカバーの中に座って、依頼人の相談を受けるのだった。各家庭に空き容器があり、それぞれの空き容器の中で家族が暮らしていた。容器の中で暮らすことには、とくに不都合もなかった。

住宅不足のあおりを受けてアパートが見つからない容器たちは、広場や通り、公園や周辺の丘に住みついた。サバの水煮の空き缶の中には、いまや英雄ガリバルディの像が納まっている。備え付けの金具をくるくる回して開けられた蓋が、少しばかり通行の妨げになっていたが、役所の気配りで、蓋の上に木の橋が造られた。車は悠々と橋を渡って走り去ってゆく。ロゼッラとピエルルイジは、このところいつもオイル漬けのキノコの空き缶でデートをしていた。中にはグリーンのベンチが置かれている。夢を見るためならどんな場所でももってこいだ。それに、キノコの香りもそう悪くはなかった。

事ここに至っては、ゼルビーニ家の些細な出来事ばかりにかまけてもいられまい。何十万とある他の家庭も、まったくおなじ問題に直面していたのだから。

空き容器の影響は、もっと広大なレベルに達していた。ある朝、マンブレッティ社のパスタ《マンブレッティじゃなければスパゲッティじゃない》の空き箱が、コロッセオをひと口で呑《の》みこんでしまったのだ。それだけではない。おなじ日の午後、サン・ピエトロ寺院のクーポラの姿が消えたと思ったら、《砂糖菓子《コンフェッティ》》と書いてあるのが遠くからでもわかる筒形の缶の中に入りこんでいた。

新聞は、聖《サンタ》リベラータ・クリニックで、セッティミア・ゼルボッティという名の女性が缶詰の双子を産んだと報じた。幸せいっぱいの夫は、黄金の缶切りを妻にプレゼントしたそうだ。テレビは、マッターホルンやエッフェル塔、ウィンザー城などが箱詰めされてゆくようすを中継で伝えた。

そのあいだにも、ドイツのボーフム天文台の天文学者と、アメリカのパロマー山天文台の天文学者とが、遠い宇宙から地球に向かって移動しているように見える謎の物体の情報を、暗号で交し合っていた。

「あれは彗星ですかな、ボックス教授」

「いや、違うようですね、シャハテルマッハー教授*。彗星だったら尾が見えるはずです」

「そうですな。なんだか奇妙な形だ。どこかで見たことがあるような……」

「どこかで見たことがあるですって？　シャハテルマッハー教授」

「ええ、ほら、ボックス教授。箱……というか、巨大な段ボール箱のような形をしていませんか……」

「超巨大段ボール箱ですと？　そういわれてみればたしかに……。地球も月もいっぺ

＊ドイツ語で箱職人のこと。

んに箱詰めできるくらいの大きさですな」

「それはそうと、先だってお送りした葉巻の箱は届きました?」

「届きましたよ。いやあ、どうも。じつに寝心地のいい箱ですね。お礼にエビの瓶詰の空き容器をお送りしたのですが、届いていますか?」

「もちろんですとも。中に本棚とオーディオ機器を入れております」

「では、おやすみなさい。シャハテルマッハー教授」

「おやすみなさい。ボックス教授」

9

ヴィーナスグリーンの瞳のミス・スペースユニバース

Miss Universo dagli occhi color verde-venere

皆さんは、デルフィーナのことをご存じだろうか。貧しい娘で、モデナのカナル・グランデ通りのドライクリーニング店を切り盛りしている、エウラリア・ボルジェッティ夫人の姪にあたる。

未亡人のボルジェッティ夫人には、ソフロニアとビビアーナという名の、二人の娘がいた。彼女たちは、貧乏な従妹《いとこ》のデルフィーナのことを、いくぶん恥ずかしく思っていた。年がら年中グレーの上っ張りを着て、クリーニング店で休みなく機械を動かし、なめし革のジャケットをきれいにしたり、ズボンやワイシャツにアイロンをかけたりしていたからだ。

姉妹のあいだでは、デルフィーナを「あの娘《こ》」と呼んでいた。親のいない彼女を哀れに思った母親が、親切心から仕方なく置いてやっていることを承知していたのだ。働き者のデルフィーナなら二人分の仕事をこなすし、しかも保険料分担金を一銭も支払う必要がない。とはいえ、ときに姉妹はデルフィーナがかわいそうになり、映画館に連れていってやることもあった。もちろん自分たちは一等席に座り、デルフィーナひとりを二等席に行かせるのだけれども。

「うちの娘たちは、ほんとうに気立てがやさしくてね」デルフィーナが二切れ目のザンポーネ*を取りはしまいかと目を光らせながら、エウラリア夫人がいった。

　当のデルフィーナは、おかわりをする気など微塵《みじん》もなく、水を飲んでいた。食後のフルーツは、高級オレンジにはけっして手を出さず、リンゴを食べる。ソフロニアとビビアーナがチョコレートの包み紙をむきはじめると、黙って皿洗いに立つ。日曜にはミサにも行った。一家庭からせめてひとりくらいは教会に顔を出さないと、世間体が悪いからだ。

　金星《ヴィーナス》共和国の大統領選出を祝う大舞踏会の晩、デルフィーナはひとり留守番をしていた。エウラリア夫人と二人の娘は、商工会議所の宇宙ロケットで出かけていった。モデナからだけでなく、ヨーロッパ中から大勢の人びとが舞踏会に向かう。空を見あげると、真っ赤に燃える尾をひいたロケットが何百機ものぼってゆく。まるで、空から降るのではなく、空へ舞い上がる流星群のように。金星で催される舞踏会は、じつに輝かしいという噂だった。天の川《ミルキーウェイ》の角《かど》という角から若者や乙女たちが集まってくる。オレンジジュースは飲み放題だし、ぺろぺろキャンディも好きなだけもらえる。

＊豚の足の皮に挽き肉などの詰め物をした料理。

デルフィーナは深い吐息をついて、店にもどった。フォリエッティ夫人のドレスにアイロンをかける仕事がまだ残っている。明日の晩、このドレスを着て、マエストロ・ロッシーニのオペラ『シンデレラ』を観にゆくそうだ。

金と銀の刺繡《ししゅう》がほどこされた、目を見張るほど美しい黒のドレス。星が瞬く夜空のようだ。こんなにきれいなドレスなのに、金星の舞踏会に着てゆくわけにはいかないのよね。二か月ほど前、前大統領が選出されたときの舞踏会に、これを着ていったばかりだもの……。フォリエッティ夫人はそういっていた。金星では、大統領がちょくちょく交代する。そのたびに舞踏会が開かれる。

デルフィーナは、ちょっとくらいならドレスを着てみても、なにも起こるまいと考えた。悪いこともいいことも、なにも起こりっこない（それは大きな誤りだったが、彼女は知る由もなかった）。

こっそり着てみると、これがまた素晴らしく似合っていた。鏡も、ウインクして褒《ほ》めてくれる。デルフィーナはダンスのステップをふたつみっつ踏み、クリーニング店の入り口に立った。誰も通りにいないのを見計らうと、歩道から歩道へと踊りながら歩きだす。

そのとき、不意に人声がした。たいへんだわ。隠れなくちゃ。さいわい、すぐそばにファミリータイプの宇宙船が停めてあった。《フェアリー二号》という船名だ。いや名前はどうでもよいのだが、大切なのは扉が開いていたということだ。デルフィーナは宇宙船にもぐりこみ、後部座席の下に身を沈めた。ああ、このままどこかへ行ってしまえたら、どんなにステキだろう。星と星の合間を縫って、あてもなく自由にさまよえたら……。片づけなければいけない仕事もなければ、厳しい叔母も、陰口ばかりいう従姉妹たちも、細かいことにうるさい客もいない……。

しだいに人声と足音が近づいてきて、宇宙船の手前でとまった。後ろの扉が開く。デルフィーナは、店で顔なじみの夫婦が宇宙船に乗りこんできたので、驚いて床にへばりつき、必死でその場にいないふりをした。

「どうしよう！　よりによってフォリエッティ夫人の宇宙船だなんて。内緒で夫人のドレスを着ているのが知られたら……」

「今晩は遅くならないうちに帰りましょうね」夫である騎士勲章受勲者《カヴァリエーレ》・フォリエッティに夫人が念を押している。氏は缶切り部品工場の社長だ。「夜中の十二時きっかりには帰らないと。明日の朝早く、産みたての卵を買いに、カンポガッリアーノへ行くの」

フォリエッティ氏は、意味不明の言葉を口の中でつぶやきながら、煙草に火をつけるために紙マッチを擦った。同時に、発射ボタンを押す。ロケットは勢いよく飛びだし、光の速さで（正確には、光よりも秒速二センチ速く）宇宙を駆けぬけ、紙マッチが燃えつきるまでのわずかな時間で、金星に到着した。

デルフィーナは、フォリエッティ社長夫妻が宇宙船を降り、姿が見えなくなるまで待った。そしてつぶやいた。

「せっかくここまで来たのだから、ちょっとだけ舞踏会をのぞいてきましょう。ものすごくたくさんの人がいるでしょうから、フォリエッティ夫人は、あたしにも、あたしが着ているドレスにも気づかないに決まってるわ」

うまい具合に、大統領の宮殿はすぐ近くだった。数えきれないほどの窓があり、どれも煌々《こうこう》と輝いている。ダンスホールでは、七十五万人の踊り子たちが新しいダンス《サターン》の練習をしていた。人混みに紛れて踊るのには最適の場所だ。

「お嬢さん、お相手していただけませんか？」

背が高く優雅で、リラックスした雰囲気の素敵な若者が、デルフィーナに声をかけてきた。

「せっかくですが、あたし、いま来たばかりで、まだ《サターン》のステップを知りませんの」

「だいじょうぶ。僕が教えてあげますよ。とっても簡単です。どことなくタンゴ＝ワルツにも、サンバ＝ガボットにも似ています。歩くステップともほとんど変わりません。ほらね？」

「ほんと。簡単ですのね。あたしたちの星では、いまだにメヌエット＝ツイストなんて踊ってますのよ」

「地球の方《かた》ですか？」

「ええ、モデナから来ましたの。あなたは、金星のお方ですよね？　グリーンの髪をしてらっしゃるから、すぐにわかりますわ」

「あなたの瞳も、とてもきれいなグリーンですね。まさにヴィーナスグリーンとでもいうべき色だ」

「ほんとうにそうお思いですか？　従姉妹たちにはドクダミ色だといわれるんです」

デルフィーナと若者は、手に手をとりあって《サターン》を踊り、そのあと続けざまに二十四曲踊った。音楽がやみ、まもなく金星の大統領じきじきにミス・スペースユニバースを発表するというアナウンスが、銀河系のありとあらゆる言語で流れるまで、二人は夢中になって踊りつづけた。

「どんな人がミスに選ばれるのか見てみたい！」デルフィーナは思った。「でも、そろそろ帰る時間じゃないかしら……。よかった。まだ十一時半だわ。フォリエッティ夫妻は十二時きっかりに帰るっていってたものね。地球にもどるには、あの宇宙船に乗せてもらうしかないし……。来たときとおなじように、後ろの座席の下にもぐりこむことにしましょ」

デルフィーナは、肝心なことをあれこれ考えていた。すると、盛装した憲兵が二人近づいてきて、いきなり彼女の腕をつかんだ。オーケストラのステージへとひきずられるデルフィーナ。

「どうしたらいいの？　あたしを見つけたフォリエッティ夫人が、イブニングドレスを盗まれたと訴えたにちがいないわ。金星の憲兵二人して、あたしをどこに連れてゆくつもりなのかしら」

彼女はステージの上に連れてゆかれた。それも、ど真ん中に。会場からは割れんばかりの拍手がおこる。

「裏切り者だわ」デルフィーナは、穏やかでないことを思った。「あたしを逮捕しにきた憲兵に、こんなふうに拍手を送るだなんて、検察側の過ちかもしれないとは、考えないのかしら。とにかく、弁護士が来るまで、あたしは一言だって白状しませんからね」

「紳士淑女の皆さま、お待たせいたしました。大統領閣下のお出ましです」スピーカーからアナウンスが流れた。

なんですって？　大統領閣下……？　ステージに登場したのは、一晩中デルフィーナと踊っていた、あの若者だった。

デルフィーナは我が目を疑ったが、間違いない。あの若者こそ金星共和国の大統領だったのだ。彼は、ここにいる女性が《ミス・スペースユニバース》だと発表し、やさしく微笑みかけた。そのあいだにも、大統領府の従者たちが彼女の目の前にさまざまな賞品を運んでくる。格調高き冷蔵庫、二十七種類もコースが選べる全自動洗濯機、シャンプーの瓶、歯磨き粉のチューブ、頭痛薬と酔い止めが入った薬箱、そして金の缶切り（地球のモデナ市、フォリエッティ社ご提供）などなど。

「皆さん、ご注目ください」アナウンスが流れる。「大統領閣下が、ミスの瞳とおなじ色の宝石をあしらった指輪をプレゼントなさいます」

デルフィーナの震える指に、大統領が指輪をはめようとした瞬間のこと。彼女の視線がふと腕時計にとまった。たいへん、あと一分半で、夜中の十二時だわ！　宇宙船が発《た》ってしまう！　ドライクリーニング店に帰れなくなる！

デルフィーナは、蜂に刺されたかのように飛びあがった。指輪が落ちたのもかまわず、ステージから飛び降りると、群集のあいだを縫うように走り去る。むろん、みんな行儀をわきまえており、両側によけて道をあけてくれた。

運よく、パーキングにはまだ《フェアリー二号》の姿があった。フォリエッティ夫妻が遅刻しているらしい。おそらく、ミス・スペースユニバースの表彰式を最後まで見たかったのだろう。いやあ、ほんとうに助かった。地球に帰りたいのに宇宙船がないのでは、雨が降っているときに傘をなくすよりもよっぽど始末が悪い。デルフィーナは指定席にもぐりこみ、またもやいないふりを決めこむと、夫妻があらわれるのを待った。

「それにしても、おかしな話だわ」発射準備をするあいだ、フォリエッティ夫人が夫に話しかける。「今晩、大統領とずっと踊っていたお嬢さんのことだけど……。ほら、さっき表彰されてたでしょ」

「きれいな娘だったな」フォリエッティ社長はいった。「それに、我が社が提供した金の缶切りを、嬉しそうに受け取ってたじゃないか。缶切りの真価がわかる娘にちがいない」

「私がいってるのはね」フォリエッティ夫人は続けた。「彼女が私のと瓜二つのドレスを着てたってことなの。ほら、金と銀の刺繡がほどこしてある、黒いイブニングドレスよ。あのドレス、たしか五百万……」

「なにをいいだすんだ……」

「私のドレスは、いまクリーニングに出しているのよね……」

フォリエッティ社長は煙草に火をつける。彼が煙草の煙を吐くよりも早く、宇宙ロケットは地球に到着していた。

翌朝、ソフロニアとビビアーナはクリーニング店へ行き、昨晩のパーティで見たこと、話したこと、したこと、聞いたこと、すべてを自慢げに語った。

「もう少しで大統領と踊れるところだったのよ」

「わたしなんて、もう少しで腕にさわれそうだったんだから」

「彼、とってもハンサムだったわ。でも、ひとつ欠点があるの」

「欠点って？」

「髪の毛の色がね、まるでドクダミのような緑なのよ。もし、わたしが奥さんだったら、髪の毛を染めさせるんだけど……」

「結婚してるの？」

「もうすぐするらしいわ。お相手は、ミス・スペースユニバースですって。髪がブロンドで、ちょっと変わってるのよ。十二時になったらね、逃げるようにいなくなってしまったの。帰宅が十二時を過ぎると、お母さんに叱られるんですって」

それを聞いても、デルフィーナはじっと黙っていた。

その日の午後、モデナ中は上を下への大騒ぎとなった。特命を帯び、倍額の出張手当を支給された金星からの使者団が、町中の家を一軒一軒しらみつぶしに調べはじめたのだ。

「あの人たち、いったいなにをしにきたの？　お目当ては？」

「驚くなよ。例のミス・スペースユニバースは、モデナのお嬢さんらしいんだ」

「モデナか、でなければルビエラですって」

「急にいなくなったので、名前を訊きそびれたそうよ。金星の大統領は、今日にでも彼女と結婚するつもりなの。結婚できなければ、大統領を辞任してガソリンスタンドの仕事に専念するんですって」

使者たちは指輪を持って家々をまわり、宝石の色と各家庭の娘たちの瞳の色を比べた。だが、同じ色の瞳をした娘は一人も見つからない。

勇んで指輪をはめるソフロニア。

「お嬢さん、あなたの瞳は黒じゃありませんか！」

「そんなの関係ないでしょ！　わたしの瞳は玉虫色なの。昨夜《ゆうべ》のパーティでは、あなた方がいっている色をしてたはずだわ」

ビビアーナも負けじと指輪をはめてみる。

「お嬢さん、無理ですよ。あなたの瞳は鳶《とび》色だ」

「だからなんだっていうの？　指輪がわたしの指にぴったりなんだから、わたしがミス・スペースユニバースなの！」

「お嬢さん、仕事の邪魔をしないでください」

使者団は、町中をくまなく歩きまわったあげく、ボルジェッティ・クリーニング店のあるカナル・グランデ通りにやってきた。使者団よりも一足早く、フォリエッティ夫人が店にやってきた。ドレスを引き取りに来たのだ。

「こちらですね」デルフィーナがびくびくしながらドレスを差しだすと、「まだアイロンがかかってないじゃないの！」フォリエッティ夫人は文句をいった。

「どういうことなの？」エウラリア奥さんも黙ってはいない。「昨日の、日暮れの時刻には仕上げるというお約束だったでしょ！　いったいどういうつもりなの！」

デルフィーナの顔から、さーっと血の気がひいた。ちょうどそのとき、金星からの使者団が制服姿で店の入り口にあらわれたものだから、彼女は、憲兵がドレス泥棒を捕まえにきたと思ったのだ。こうなったら気を失うしかない。

ようやく正気をとりもどしたとき、デルフィーナは店でいちばん高級な椅子に座らされていた。金星からの使者団、二人の従姉妹、叔母、クリーニング店の客たちが彼女をとり囲む。それだけではない。店の中といわず外といわず、大勢の人びとがつめかけている。誰もが興奮状態で、彼女が目を開くのを待ちかまえていた。

「やっぱり。見てください！」使者団の歓声があがった。「紛れもないヴィーナスグリーンの瞳です！」

「それに、ミス・スペースユニバースが昨夜着ていたドレスも、ここにあるわ！」

フォリエッティ夫人が得意げにいった。

「あ……あたし……」口ごもるデルフィーナ。「あたし、たしかにドレスを着ました。でも、けっして悪気があったわけじゃなくて……」

「なにをいってるの、デルフィーナちゃん。それは、あなたのドレスなのよ！　なんて光栄なことかしら！　モデナにとっても、カンポガッリアーノにとっても、これ以上の栄誉はないわ！　私たちのかわいいデルフィーナちゃんが、金星の大統領夫人だなんて！」

かくかくしかじかで、祝いの言葉が尽きることはなかった。

その晩、デルフィーナは金星へと旅立ってゆき、金星共和国の大統領と結婚した。大統領はといえば、愛する新妻とできるだけ長い時間を一緒に過ごすため、大統領職を退き、もとの仕事にもどることにした。宇宙スタンドで、宇宙船の燃料を補充するのだ。

かくして金星では、ふたたび大統領が選出され、舞踏会が催された。舞踏会には、フォリエッティ夫人も出席し、ビビアーナとソフロニア、そしてエウラリア夫人からの「デルフィーナによろしく」との伝言を本人に届けた。地球の三人はいま、キャンチャーノ温泉へ湯治に出かけているそうだ。

フォリエッティ夫人からデルフィーナへの手土産は、もちろん、カンポガッリアーノで買った、産みたての卵一ダースだった。

10

お喋り人形

La bambola a transistor

「それで、クリスマスにはエンリカに、何をプレゼントしたらいいと思うかね？」フルヴィオ氏が、リザ夫人と義弟のレモにたずねた。

「でっかい太鼓なんてどうかな」待ってましたとばかりに、レモが口を開く。

「なんだって？」

「ほら、大太鼓だよ。バチがついてて、ドーン、ダーンって叩くやつさ」

「まったく、レモったら！」リザ夫人がたしなめた（彼女にとってレモは、義理の弟ではなく、本当の弟）。「大太鼓なんてどこに置くのよ。それに、肉屋のおかみさんの話の種にされるのなんて、まっぴらだわ」

「だったら……」レモが次の案を出した。「馬の形をした染付け陶器の灰皿をあげたら、エンリカはきっと喜ぶと思うよ」

「エンリカは煙草なんて吸わん」フルヴィオ氏が、冷たくいい放った。「まだ七歳になったばかりだぞ」

「それじゃあ、銀の頭蓋骨の置物はどうかな……」レモは、次から次へとアイデアを出す。「いや、真鍮《しんちゅう》のトカゲ入れのほうがいいかもしれない。あるいは天使の形をしたカメの甲切りとか、見かけは傘のグリーンピース鉄砲とか……」

「まったく、レモったら！」リザ夫人がたしなめた。「真面目に話してちょうだい」

「わかったよ。真面目な話、太鼓を二つ。ドの音の太鼓とソの音の太鼓ひとつずつだ」

「いいものがあるわ」リザ夫人がいった。「エンリカにぴったりなの。お喋りをする電子式のお人形。洗濯機も内蔵されているやつがいいわね。ほら、歩いたり喋ったり、歌を歌ったり、電話での会話をチェックしたり、放送をステレオ装置で傍受したり、おしっこしたり、いろいろできるお人形があるじゃない」

「よし、それに決まりだ」フルヴィオ氏が家長らしく結論をくだした。

「まあ、勝手にしてくれ」そういったのは、レモだ。「僕は枕をふたつ抱いて眠るとしよう」

それから数日後、聖なるクリスマスがやってきた。商店の軒先にはみごとな生ハムが吊るされ、ショーウインドーにはピノッキオの形をした素晴らしい灰皿が飾られ、通りには、本物やら偽物やらのバグパイプ弾きがあふれている。アルプス山脈の稜線は雪で覆われ、ポー平野は霧にけむっていた。

新しい人形は、早くもクリスマスツリーの下でエンリカを待っていた。レモ叔父さんは（先ほど登場したのとおなじレモだが、フルヴィオ氏にとっては義弟であり、リザ夫人にとっては実の弟、マンションの管理人にとっては会計士、売店の店員にとってはお客さん、交通巡査にとっては通行人、エンリカにとっては、ほかでもない叔父となる。たった一人の人間が、いったいいくつのものになるのだろうか）、薄ら笑いを浮かべながら人形を見ていた。

じつのところ彼は、誰にも内緒で、きびしい魔術の修行を積んでいたのだ。ほんの一例にすぎないが、トラバーチン大理石でできた灰皿を見つめるだけで、割ることもできる。彼は人形を数か所いじり、電子回路をいくつか動かすと、ふたたびニタリと笑ってカフェへ行ってしまった。そこへ、エンリカが走ってやってきた。人形を見つけると、大喜びで黄色い声をあげた。閉まったドアの向こうでは、両親が満足そうな笑みを浮かべて娘の声を聴いている。

「うわあ、かわいい！」エンリカは大はしゃぎ。「すぐに朝ごはんのしたくをしてあげるわね」

おもちゃ箱をさんざんひっかきまわしたあげく、カップやら小皿やらグラス、小鉢、ビンなどが入っているおままごとセットを引っぱり出し、人形用のテーブルの上に並べだした。それから、もらったばかりの人形を自分の椅子まで歩かせ、「パパ」とか

「ママ」とかいう言葉をいくつか喋らせてみた。次にナプキンを首にゆわき、ごはんを食べさせようとする……。

ところが人形は、エンリカがほんの一瞬よそを向いたすきに、テーブルを蹴飛ばし、おままごと道具を全部ひっくり返してしまった。お皿は割れ、カップは部屋の床を転がってパネルヒーターにぶつかり、粉々に砕けた。

エンリカが怪我でもしたのではと心配し、リザ夫人が駆け寄ってきたのはいうまでもない。しかしその場の状況を見てとると、有無をいわせず娘をしっかりとどなりつけた。エンリカのことを「しょうもない悪い子」だとしたうえで、「よりによってクリスマスの日に、こんなにひどいことをしでかさなくてもいいでしょ！　おぼえておきなさい。ちゃんといい子にできないのなら、人形なんて取りあげるわよ。もう二度とあげないんだから」と叱った。

そして、洗面所へ行ってしまった。

部屋にひとり残されたエンリカは、人形をひっつかむと、お尻を二度ほどひっぱたいた。人形を「しょうもない悪い子」だといい、「よりによってクリスマスの日にひどいことをしでかすんだから」、とどなりつけた。

「いいこと？　ちゃんといい子にできないのなら、押入れに閉じ込めて、もう二度と外には出さないわよ！」

　すると人形が反論した。

「なんでさ」

「お皿を割ったからよ」

「あたし、あんなくだらない遊び、好きじゃないのよね」人形はきっぱりといった。

「ミニカーで遊びたいな」

「女の子はミニカーなんかで遊ばないの！」エンリカはそういうと、ふたたび人形のお尻をひっぱたいた。

　ところが、人形は悪びれもせずにエンリカの髪の毛を引っぱる。

「痛いじゃないのよ！　なんてことするの？」

「正当防衛だわ」人形は答えた。「ぶち方を教えてくれたの、あんたでしょ！　あんたにぶたれるまで知らなかったもの」

「だったら……」エンリカは話を変えようとした。「学校ごっこしない？　あたしが学校の先生で、あなたが生徒ね。これはノート。あなたは、書き取りが間違いだらけだったから、四十点しかもらえないの」

「四十なんて数字、なんの関係があるの？」

「そういう決まりなのよ。学校の先生はいつもそうするんだから。きちんとできれば百点。間違いがいっぱいあると四十点」

「どうして？」

「だって、そうすればできるようになるでしょ」

「笑わせないでよ」

「おかしい？」

「当ったりまえじゃない」人形がいった。「よおく考えてみてよ。あんた、自転車に乗れる？」

「乗れるに決まってるでしょ！」

「じゃあ訊くけど、まだ自転車の練習をしてるころ、何度も転んだわよね？　転んでけがをすると、四十点って書かれた？　それとも絆創膏《ばんそうこう》を貼ってもらった？」

答えあぐねているエンリカに、人形は重ねてたずねた。

「ほらね、じっくり考えてみなさいよ。まだ上手に歩けなかったころ、尻餅をつくと、お母さんはあんたのお尻に四十点って書いたわけ？」

「書かなかった」

「それでも、ちゃんと歩けるようになったでしょ？　話すことも、歌うことも、ひとりで食べることも、ボタンをはめることも、靴の紐を結ぶ、歯を磨く、耳の掃除、ドアを開けたり閉めたりすること、電話をかける、テレビやレコードプレーヤーを使う、階段の上り下り、壁にボールをぶつけて、弾んで返ってきたのをキャッチすること、叔父さんと従兄《いとこ》の見分け方、猫と犬の見分け方、灰皿と冷蔵庫の見分け方、鉄砲とドライバーの区別やチーズとバターの区別、嘘と本当を見分けたり、水と火を見分けたりすることも、ちゃんとできるようになったじゃないの。いい成績も悪い成績もつけられなかったのに、よ。そうでしょ？」

エンリカは、投げかけられた疑問符をまともに受け止めようとはせず、別の遊びを提案した。

「だったら、髪の毛を洗ってあげる」

「冗談いわないで。今日はクリスマスなのよ」

「だって、お人形の髪の毛を洗うの、楽しいんだもん」

「あんたは楽しいかもしれないけど、あたしは、目に石鹸が入るからイヤ」

「あなたはあたしの人形なんだから、あたしのいうとおりにしないと、ダメなの。わかった？」

この「わかった？」というのは、フルヴィオ氏の口癖である。リザ夫人もときどき、文章の終わりに「わかったわね」と言い添えることがある。こんどはエンリカが、命令を下す者としての威厳を発揮する番だった。

ところが肝心の人形は、われ関せずといったようすでクリスマスツリーによじ登り、色とりどりの電球を次から次へと割りはじめた。そしててっぺんまで登りつめると、白雪姫と七人の小人の形をしたイルミネーションにおしっこをひっかけた。

エンリカは喧嘩したい気持ちをおさえて、窓辺へ行った。中庭で子どもたちがサッカーをしている。キックボードや三輪車に乗っている子、おもちゃの弓矢を持っている子、ボウリングをしている子もいる。

「あんたも、庭へ行ってほかの子たちと遊んできたら？」エンリカと遊ぶつもりはないことを強調したいのか、鼻の穴に指をつっこみながら人形がいった。

「男の子ばっかりだもん」エンリカは気乗りがしないようすだ。「みんな男の子の遊びをしてるでしょ。女の子はお人形さんごっこをするものなの。ステキな奥さんやいいママになれるようにね。コップやお皿をきれいに洗ったり、お洗濯や、家族みんなの靴を磨いたりする練習をしておかなくちゃ。うちのママは、いつだってパパの靴を磨くのよ。表も裏も、ピッカピカにするんだから」

「かわいそうに……」

「誰が？」

「あんたのパパ。自分の靴を磨いてもらうなんて、きっと手が使えないんでしょ？」

エンリカは、いまこそ人形のほっぺたに往復ビンタをくらわせるべきだと思った。人形を捕まえるには、クリスマスツリーによじ登らなければならない。ところが、役立たずの典型であるクリスマスツリーときたら、こんなときに限って床に倒れこんでしまったのだ。ライトもガラスの天使も粉々に砕け飛び、大惨事。椅子の下に投げ出された人形は、大笑いするべきか一瞬迷ったが、真っ先に起きあがり、エンリカが怪我をしていないか走り寄った。

「痛くなかった？」

「あんたの質問になんか答えたくない」と、エンリカ。「すべてあんたのせいよ。こんな乱暴な人形なんて、もういらない！」

「やっとわかってくれたのね！」人形はいった。「だから、ミニカーで遊べばっていったのよ」

「ミニカーでなんか、ぜったいに遊ばないの！」エンリカは断固いいはった。「古い布の人形を出してきて遊ぶもん」

「信じられない！」新しい人形はそういうと、あたりを見わたした。そして、古ぼけた布の人形を見つけると、拾いあげて、窓ガラスをろくに開けもせずに放り投げてしまった。

「ぬいぐるみのクマさんと遊ぶからいいもん！」エンリカも譲らない。

新しい人形はクマのぬいぐるみを見つけだし、ゴミバケツの中に放りこんだ。エンリカがわっと泣きだす。泣き声を聞きつけた両親が駆けつけると、新品の人形がハサミをつかんで、人形用のクローゼットにしまってあった洋服を全部、切り刻んでいるところだった。

「これは、破壊行為というものだ！」フルヴィオ氏が怒鳴る。

「なんてことなの」リザ夫人もいった。「かわいらしいお人形を買ったつもりだったのに、じつは魔女だったなんて！」

二人はエンリカに駆け寄り、代わりばんこに抱きしめ、撫でまわしたり、あやしたり、あちこちにキスしたりした。

「きしょくわるぅぅ！」戸棚の上に逃げこみ、長すぎて気に入らなかった自分の髪を切っていた人形が、それを見ていった。

「おい、聞いたか？」おののくフルヴィオ氏。「『きしょくわるぅぅ！』だなんていってるぞ。そんな言葉を教えるのは、おまえの弟ぐらいしかおらん」

ちょうどそのとき、噂をすれば何とやらで、レモが子ども部屋のドアから顔をのぞかせた。彼は中のようすを一目見ただけで、何が起こったのかピンときた。

人形は、レモにウインクしてみせる。

「何を騒いでるんだい？」潔白を装って、レモ叔父さんがたずねた。

「この子ったら、人形でいるのがイヤだっていうのよ」かわいそうなエンリカは、しゃくりあげながら訴えた。「自分のことを、いったいなんだと思ってるのかしら」

「あたしも、庭に出てボウリングがしたいな」髪の毛の束をあちこちに散らかしたあとで、人形は自分のやりたいことを口にした。

「大太鼓を鳴らしてみたいし、芝生や森や山に行きたい。それにキックボードも欲しいなあ。大きくなったら、原子物理学を勉強したいし、電車の運転手にも小児科のお医者さんにもなりたい。水道屋さんもステキよね。それで女の子が生まれたら、ぜったいにキャンプに行かせるんだ。娘が『ママ、あたし大きくなったら、ママみたいな奥さんになりたいな。だんなさんの靴を表も裏もぴっかぴかに磨いてあげるんだ』なんていったら、お仕置きとしてプールに閉じこめて、罰として劇場に連れていくの」

「こいつは完全にイカれてる！」人形のようすを観察していたフルヴィオ氏はいった。

「電子回路がどこか故障したにちがいない」

「お願いよ、レモ。あなた機械に詳しいんだから、ちょっと直してちょうだい」リザ夫人が頼んだ。

レモは、さっそくいわれたとおりにした。人形のほうもなかなか協力的だった。レモの頭に飛びのって、バック転をはじめる。

レモは人形をつかむと、あちこちいじくりまわした。すると、人形がいきなり超ミニサイズに縮んでしまった。

「なにか、間違えたみたいね」とリザ夫人。

レモがもう一度いじくりまわすと、人形は、走馬灯やら望遠鏡やらローラースケートやら卓球台やらに、次々と姿を変えていった。

「まったく、何をしてるんだ」フルヴィオ氏が義弟を問いただす。「そんなことをしたら完全にダメになるだろう。テーブルの形をした人形なんて、あるはずがない」

レモはため息をつき、またいじくりはじめた。ようやく、人形は元の人形の姿にもどった。買ったときとおなじロングヘアで、洗濯機が内蔵されている。

「ママ、あたし、お洗濯がしたいな」人形が、人形らしい声でいった。

「よかった。やっと直ったわ！」リザ夫人が歓喜の声をあげた。「これこそお喋りっていうものよ。さあエンリカ、お人形で遊びなさい。お昼ごはんができるまで、いっしょにお洗濯でもしたら？」

ところが、あまりにもいろいろなことを経験したエンリカは、もう自分が何をしたいのかわからなくなっていた。人形をじっと見つめ、レモ叔父さんのことを見、それから両親の顔を見た。そうして、大きく息をつくと、いったのだ。

「いやよ。お庭に行って、みんなとボウリングをしてくる。なんだかバック転もしたくなってきちゃった」

11

ヴェネツィアの謎
あるいは
ハトがオレンジジュースを嫌いなわけ

I misteri di Venezia

ovvero

Perché ai piccioni non piace l'aranciata

ミスター・マルティニスは、将来有望な若い広告クリエーター。そんな彼が、ハトの餌を担ぎ、床用のタイルに変装し、ヴェネツィアへ向かった。彼が勤めている《フリンツ》オレンジジュース社の極秘任務である。

彼は、たしかにこう考えていた。――ヴェネツィアが潟《ラグーナ》に完全に飲みこまれ、消化されてしまうまえに、せめてわが社の商品の広告に利用できないものだろうか。《フリンツ》オレンジジュースは、とくに子どもや、お年寄りや司教に有益な、オススメ商品なんだ――

こうしてある朝、ミスター・マルティニスは、サン・マルコ広場にハトの餌をばら撒《ま》くことにした。それも、行き当たりばったり、やみくもに撒くのではない。あらかじめ決められた図案どおりに撒く。いかにもおいしそうなご馳走にひき寄せられたハトが広場に降り立ったとき……全長八十四メートルのハト文字があらわれるという仕掛けだ。

キャッチコピーは《みんなでフリンツを飲もう!》。このハト文字をミスター・マルティニス自らヘリコプターに乗り、上空から撮影する。そして、その写真を世界中の新聞に広告として掲載するのだ。広告を見た人びとが、いろいろな国の言葉でいうだろう。「ああ、やっとヴェネツィアのためになることができる！」

南風のシロッコも吹かず、準備は万端。ミスター・マルティニスは極秘で、餌の運び屋を大勢雇った。そして一人ひとりに、オレンジジュースのビンの栓に手を置かせて、このことは棺桶に入ってもずっと内密にすると誓わせる。

「いいか、おぼえておけ」彼は念をおした。「奥さんにも一言ももらすな。ヴィチェンツァ風塩漬けタラにも一語も話すな。ため息橋でつぶやいてもダメだぞ」

当日の朝、運び屋たちはサン・マルコ広場にハトの餌を撒き、ミスター・マルティニスは自家用ヘリコプターで空へ舞いあがった。

ハトたちは、鐘楼といわずクーポラといわず屋根といわず、周辺のありとあらゆる高い建物から舞いおり、餌めがけてまっしぐら。そして……それっきり。急いでふたたび舞いあがると、意味不明の言葉をつぶやきながら、高いところにある自分たちの棲《す》み処《か》にもどってしまったのだ。

「いったいどうしたんだ？」ミスター・マルティニスは叫んだ。

「悪ふざけをしてるのか？　それともおまえたちは、しょせん役立たずの鳥なのか？　餌のなかでも最高級品を撒いてやったんだぞ。わがフリンツ社は、おまえたちハトのことを大事に思ってるんだ。僕なんて、あやうくノラ猫にのみこまれそうになっていたハトを助けて、動物保護協会から表彰されたことだってあるんだぞ！」

ところが、ハトたちはそんなことを聞いてもいなかった。たとえ聞こえていても、何をいっているのか理解できないのだ。いや、たとえ理解していても、バカなふりをしていたのだった。

ミスター・マルティニスが、サン・マルコ広場のど真ん中にヘリコプターを着陸させたので、ハンブルクから来た二人連れの老嬢が、驚いて気絶してしまった。

ミスター・マルティニスは急いでハトの餌をひとつかみ拾いあげると、鼻をうずめて舌の先でなめてみたが、次の瞬間、東に西にペッペッと吐き出した。

「裏切られた！」ミスター・マルティニスは大声で叫んだ。

「この餌は、ネコビリンの強烈な臭いがする。ハトを追い散らすために、巧妙に開発されたあの化学物質だ。ハトに恐ろしい悪夢を見させ、飢えた無数の猫に取り囲まれているような錯覚を起こさせるんだ。それにしても、こんなものを僕の餌に混ぜたのは、いったい誰だ？」

ミスター・マルティニスは、餌の運び屋を集めて、点呼をとった。一人足りない。

ベーピ・ディ・カステッロという名の男だ。

「そいつこそ裏切り者だ」マルティニスは、重々しくいい渡した。

「なに、ベーピが裏切り者だって？」仲間の運び屋たちは反論した。「そんなはずがない。ベーピは、ばあさんが麻疹《はしか》にかかったから家に帰っただけだ」

「かわいそうに、ベーピのばあさんが病気になるのは、これで三人目だ」

「なに、三人だって？」マルティニスは、呆れて訊き返した。

「わしら、事情はよくわからんが」運び屋たちはいった。「とにかくベーピ・ディ・カステッロは、『ばあさんが三人いるベーピ』と呼ばれてる」

ミスター・マルティニスは、運び屋たちが口から出まかせをいっているのではと怪しく思いながらも、何もいわなかった。そして、その場を立ち去ろうと向きを変えたとき、人混みにまぎれて悪魔のようにせせら笑う男がいるのに気づいたのだ……。

しかも、ただの男ではない！　将来有望の若い広告クリエーター、ミスター・マルトニスだった。彼は、あるすばらしいプロジェクトを実現させるため、お忍びでヴェネツィアに来ていた。

すなわち、おいしそうな餌を大量に撒いてハトをおびき寄せ、サン・マルコ広場の地面の上に、次のようなハト文字を書かせるという……。

《オレンジジュースが飲みたいとき、合言葉はフロンツ！
いつでも、たとえ海抜が何メートルだろうと、とにかくフロンツを。
ひとりでも、仲間とも、とにかくフロンツを。
兵士は半額プライスにて》

このハト文字をつくるには、一万キログラムの餌と、三万九千八百二十羽のハトが必要になるという計算もしていた。

「おや、マルティニス君じゃないか」マルトニスが驚いたふりをしながら、いかにも親切そうに、愛想よくいった。

「おや、マルトニス君じゃないか」マルティニスも、おなじようなふりをしながら、おなじようにいった。口元に微笑みを浮かべ、コートの下にバズーカ砲をしのばせた二人のライバルは、互いに向きあった。

「僕がヴェネツィアにいるのは」マルトニスが説明した。「サン・ロッコ大信徒会にあるティントレット*の傑作を鑑賞するためなんだ」

マルティニスは、そんなことはこれっぽっちも信じていなかったが、それでも、食前酒をおごってくれるというのでごちそうになることにした。それから、大急ぎでハト用の餌を再発注しにいった。翌朝、サン・マルコ広場の下見をしにきたマルティニス、はたして何を目にしたのだろうか？

なんとマルトニスに雇われた者たちが、奴らの餌を並べていたのだ！　それを見たマルティニスは、扁桃腺炎にかかって寝込みそうになったが、すぐに治った。というのもハトは、《フロンツ》オレンジジュース社のときも、《フリンツ》オレンジジュース社のときと、まったくおなじ行動をとったから。つまり、餌をめがけて舞いおりてきたかと思うと、臭いを嗅ぐやいなや、いまさっき食欲にそそられておりてきたばかりの青い大空に、散り散りになりながら舞いもどっていったのだ。

いやはやびっくり！　フロンツ社の餌も、猫の悪臭を放ってハトに悪夢をひきおこすあの化学物質、ネコビリンの臭いがしたわけだ。

＊一五一八〜九五年。ヴェネツィア派を代表する画家。

心におなじ痛手を負って結ばれたマルティニスとマルトニスは、抱きあった。

「僕たちは二人とも、何者かに裏切られたんだ」二人は、しゃくりあげながら叫んだ。「フリンツのオレンジジュースも、フロンツのオレンジジュースも、公平に嫌う人間がいるにちがいない」

二人の若い広告クリエーターは、互いを慰めるために、何杯かの食前酒をかわりばんこ、おごりあうと（おつまみのオリーブとポテトチップスはただだった）、経費削減のために共同で調査をすることにした。

さしあたり、二人の疑いは、ベーピ・ディ・カステッロに向けられる。二人はベーピを捜しにゆき、トレ・モーリという居酒屋で白ワインを飲んでいるベーピを見つけだした。まだ正午にはなっておらず、ベーピは午後しか赤ワインを飲まないことにしていた。

「おばあさんたちの具合はいかがです？」ミスター・マルティニスが、ていねいにたずねた。

「ひとりは麻疹で、もうひとりは病みあがりで、三人目はお蔭さまですっかり元気になりました」

「どうして、おばあさんが三人もいるのですか？」と、事情がのみこめないマルトニスが質問する。

「それは、たいして重要なことではありません」ベーピ・ディ・カステッロは答えた。「とにかく、あなたがたがハトの件で僕のところへ来たのは知っています。ですが、僕は無関係です。あの朝、メルロー・ワインの樽開きのために、カンナレージョの居酒屋に行っていたのですから」

「嘘だ！　メルロー種のワインは赤ワインだ。あなたは、午前中は白ワインしか飲まないはずだ」

「その日は例外としたのです。これが店の主《あるじ》の証明書……それと、これは十二人の証人による署名付きの証言……そしてこれは、僕の洗礼証書です。ほかに何か必要な書類は？」

　無実を物語るたくさんの証拠品を前に、マルティニスとマルトニスは退散することにした。二人は苦悩を打ち明けあいながら、ずいぶん長いこと小さな橋から橋へとあてどなくさまよった。

「こんなヘマをして……」ミスター・マルティニスがため息をついた。「どんな顔して会社にもどったらいい？　職を変えたほうがましだ。僕は、子どものころから鐘つきに憧れていたんだ。いまこそチャンスなのかもしれん」

「そうだな」ミスター・マルトニスも同意した。「たしかに最良の決断だ。僕は、野生の豚を育てることにする」

「なんでまた、野生の豚を？」

「野生なら自分たちで勝手に餌を見つけてくれるだろ。飼主はただ、豚を売ってお金を手に入れるだけでいいからな」

将来の計画を話しあううちに、また日が暮れた。日というのは、そういうものなのだ。暮れることしか知らない日の気持ちも、わかってあげてほしい。

そうこうしているうちに、ミスター・マルティニスが最初の失敗のあとで注文した新しいハトの餌が届いた。餌の運び屋たちは、このあいだ餌をしまうために借りたのとおなじ地下室に、袋を積みあげてゆく。

「これからどうすると思う？」ミスター・マルトニスがたずねると、

「まだ聞いてないね」マルティニスは答えた。

「いいか、僕たちは地下室に隠れて、君の袋を見張る。そして、餌に毒を盛りにきた犯人を、現行犯で捕まえるんだ」

「素晴らしい考えだ。そうすればきっと汚名を返上できるし、《フリンツ》オレンジジュース社の評判もしかるべく高まることだろう」

「だけど《フロンツ》オレンジジュース社はどうなるんだ？　アイデアを思いついたのは僕だぞ」

「餌は僕のものだ！」

　フリンツ社かフロンツ社かで、くじを引くことにした。負けたほうが転職するのだ。《フリンツ》オレンジジュースのビンの栓と、《フロンツ》オレンジジュースのビンの栓を抜き、そのうえに手をかざし、間違いなく約束を守ることを二人は誓った。それから、地下室のいちばん暗い隅に隠れた。ゴキブリにしてみれば迷惑きわまりない話で、家族を連れて引っ越さなくてはならなかった。

　暗いといっても、地下室の中は「真っ暗闇」ではなかった。運河に面した天窓から、薄明かりが少し射していたからだ。ゴンドラ漕ぎを乗せたゴンドラが通ってゆくのが見えたし、ものすごく汚染された黒い水すれすれの軒蛇腹《のきじゃばら》の上を、バランスをとりながら猫が歩いてゆくのも見えた。と思ったら、すぐにまた別の猫が通りすぎてゆく。

三匹目の猫は、通りすぎるかわりに地下室に入りこみ、餌袋のあいだをひとまわりして出ていった。別の猫がもう一匹やってきて、まったくおなじ行動をとった。そしてまた一匹、次には二匹、さらには七匹連れ立って……という具合に、猫がやってくる。どの猫も餌袋のあいだをぐるりとまわり、臭いを嗅ぎ、そこに数分しゃがみこんでから出てゆくのだった。

「もうこれで二十九匹だ」ミスター・マルティニスはささやいた。「だが、何をしているのかさっぱりわからん」

「君は、風邪をひいて鼻が利かないから、わからないんだ」ミスター・マルトニスがいった。

「鼻が利かないと、どうしてわからないんだ?」

「いいかい、わが同僚君。考えというものは、ときに鼻で嗅ぎわけるものだ。何がいいたいかわかるかい?」

「とにかくいってみてくれ。その後で、わかるかわからないか教えることにするよ」

「あの猫たちは、ここへ小便をしにやってくるんだ。だから、ほんの数分しかいないのさ。この地下室は猫の便所ってわけだ。ヴェネツィアの運河の水をこれ以上汚さないように、ここで用を足してるんだろうよ。どうやら、ヴェネツィアの猫は、素晴らしいエコロジー意識を持っているようだ」

「じゃあ、つまり……」

「そのとおり。ネコビリンのせいじゃない。誰も妨害などしてなかったんだ。僕らの餌に（僕の餌も、ここと おなじような地下室にしまってあったからね）、僕たちが現代科学の巧みな発明品だと勘違いした、ハトを驚かすあの悪臭をつけたのは、猫だったんだ。さあ、もう出よう。この地下室で嗅ぎつけるべきことは十分嗅いだよ」

二人の広告クリエーターは、明るい場所に出ていった。しらじらと夜が明けようとしている。太陽はいつだってうまいこと昇るものだ。世界が誕生してから、一度として昇りそびれたことはないのだから……。

マルティニスとマルトニスは、スモッグを少々吸いに、サン・マルコ広場まで散歩に出かけた。すると、ひとりの老女に呼びとめられた。

「旦那方、ハトに餌をやらないかい？　一袋百リラだよ」

「おばあさん、なんでこんなに朝早く起きているのです？　こんな時間には、旅行者なんてほとんどいませんよ」

「よけいなお世話だね。わたしぐらいの年になると少ししか眠れないのさ。あたしゃ、夜でも働いてる」

「それは本当ですか？」

「ああ、そうだよ。夜は猫に餌をやるのさ。ヴェネツィアにはじつにたくさんの猫がいてね。ほとんどみんな、わたしのことを知ってるよ。それにわたしは、猫が大好きでね、猫と話だってできる」

「それで、猫たちは話がわかるんですか？」

「なんだってわかるさ。どんなことでもね。わたしゃ、猫に協力をお願いしてるのさ。衛生面のこととか、掃除のこととか、いろいろとね。まあ、猫たちもあわれなもんさ。ところで旦那方、餌はいるのかい？　三袋で二百リラだ。五袋買ってくれた人には、一ポイントつけてあげるよ。一万ポイントたまれば、猫一匹と交換できる」

ミスター・マルティニスとミスター・マルトニスは、三袋ずつ買った。それから、老女の顔を見る。もう一度よく見る。まるで学校で使う教科書、そう、地図帳ででもあるかのように、しげしげと観察する。そしてマルティニスは、怪しいという結論に達した。

「おやさしいおばあさん、あなたのお名前は？」

「わたしかね？　わたしゃ、ベーピ・ディ・カステッロの祖母だけど」

「やっぱり……」

「一人目の、それとも二人目の？」こんどはミスター・マルトニスが質問する番だ。

「三人目だけど……」

「どうして三人も？」

「つまりだね、一人目のばあさんは、ベーピの母親の母親。二人目は、ベーピの父親の母親。そして、わたしゃ、ベーピの妻の祖母というわけだ。つまり、義理の祖母だよ。わかるかね？　だからどうしたっていうんだい？　誰だって、できることをするまでさ」

マルティニスとマルトニスはますます怪しく思いながら、老女をじっと見つめた。かつてヴェネツィア共和国の裁判官たちが、無実のパン屋の息子を見つめたように。かつて異端審問官たちが、気の毒な魔女たちを視線で刺し貫いたように。ところが、老女は受け取った代金を懐にしまうと、自分の庭も同然の運河に沿って、遠ざかっていった。

彼女の頭上では、何百羽ものハトが飛びまわっている。スカートの後ろからは、尻尾をぴんと立てた猫たちが何百匹と列をなしてついてゆく。足音ひとつ立てない猫の足は、ぜんぶで千本以上もあったろうか。

マルティニスとマルトニスは、しばらく口をあんぐりと開けていた。やがて、店のシャッターを開ける大きな音とともに最初のカフェが開店し、彼らを朝のコーヒーへといざなうのだった。

12

マンブレッティ社長ご自慢の庭

Il giardino del commendatore

栓抜き部品工場の社長、コンメンダトーレ・マンブレッティには、これまでもご登場いただいている。その彼が、美しい庭園を造らせた。立派な果樹園まである。専属の庭師は、名をフォルトゥニーノといった。

「君の親御さんも、ずいぶんと変わった名前を考えたもんだな」庭師の名前を聞いて、マンブレッティ社長はコメントした。

「父は、マエストロ・ヴェルディを敬愛していたもので」

「ヴェルディの名は、たしかジュゼッペではなかったかね？」

「ファーストネームはジュゼッペですが、セカンドネームはフォルトゥニーノです。サードネームはフランチェスコ」

「もうよい。わかった」社長は話をさえぎった。「それより洋ナシの件だが、明日、マンブリーニ社長とマンブリッロ社長を食事に招待している。そこでだ。わが自慢の庭園の、洋ナシを試食していただこうと思う。明日までに、洋ナシを盛り付けた大皿をテーブルに用意しておくように」

フォルトゥニーノは青ざめた。

「お言葉ですが、社長。いまは洋ナシの季節ではございません」

マンブレッティ社長は、情けない奴だといいたげに庭師の顔を見た。

「さてな。洋ナシの木は、いかにも健康そうだし、頑丈じゃないか」

「それはもう、これまで大切に世話をしてきましたから。肥料に害虫駆除、剪定《せんてい》など、至れり尽くせりです」

「だからダメなんだ。そんなに過保護に育てたら、洋ナシはわしの庭ですっかり図に乗ってしまう。棍棒で叩いてやったことがあるかい？　成績表に不可の成績をつけてやったか？」

「社長、成績表とおっしゃいますと……」

「なんだ。君は成績表もつけてないのか？　どうやら君はかなり進歩的な教育方針のようだな、フォルトゥニーノ君。だが、植物は厳しくしつけなければならん。規律や威厳といったものが必要なんだ。わかるかね？　いいか、よく見ていたまえ」

　マンブレッティ社長は棍棒をつかむと、背後に隠し持ち、洋ナシの木に近づいた。洋ナシの木はといえば、もしも口があったら、「無《セント》情《ロルマ》な《ディ》足音《パッシ》が響く《スピエターティ》＊～」と歌い出

＊ヴェルディ（一八一三～一九〇一年）作曲のオペラ『仮面舞踏会』第二幕に登場する歌。

すところだったろう。

「聞くところによると、おまえはわがままばかりいっておるそうじゃないか。世の中をなめてるんじゃないか？　おい」社長は木にむかって怒鳴りつけた。

「社長、いったいなにを……」フォルトゥニーノが割って入る。

「余計な口出しは無用だ！　主人は誰だと思っておる！」

「マンブレッティ社長でございます」

「そうだ。その通り。主人《パドローネ》である以上、棍棒《バストーネ》を使う権利がある」

こうして、棍棒で思いきり傷めつけられたものだから、怯えた洋ナシの木は、せっかく咲かせた花を全部落としてしまった。

「これで思い知ったろう」社長は棍棒を放り投げ、額の汗をぬぐった。「あまりやりすぎるのもよくない。加減というものが大切なのだ。見ておれ。明日になればきっと、わしの洋ナシの木はみごとな実をつけてくれるから」

かわいそうなフォルトゥニーノ。明日だろうが、六か月後だろうが、花を落としてしまったナシの木が実をつけることはないと反論したかった。だが、あまり口が達者でないので、彼が口を開くよりも早く、マンブレッティ社長は屋敷にもどってしまっていた。

「しかたない」フォルトゥニーノはつぶやいた。「だけど、明日はどうなるんだろう。実がなっていないのを見たら、社長は怒りだし、洋ナシのことをまた棍棒で傷めつけるにちがいない」

一日中悩んだあげく、フォルトゥニーノはようやく、罪もない洋ナシを救う手だてを思いついた。いったん家に帰り、貯金箱のふたを壊し、町へ走る。顔見知りの果物店に向かったのだ。その店になら、どんな季節だろうと洋ナシが並んでいる。

彼は洋ナシを二十キロほど買い、あたりが暗くなるのを待ってから、社長の庭にもどった。そして、みごとに熟れた洋ナシをひとつひとつ、枝につりさげたのだ。それも、むやみにつるしたのではなく、空想力を働かせ、きれいに配置した。そのほうが見た目にも心地よい。ひとつだけ離れたところで輝く孤高の実があるかと思えば、こちらにはふたごの実が仲良く並び、上のほうの枝には大きなのが二つと、小さなのが一つ、まるで通りをのんびりと散歩する家族のようにぶらさがっている。

やがて朝が来て、庭の見回りにきた社長は、すっかりご満悦のようすで、両手をもんだ。

「ほら見ろ。わしのいったとおりだろう。フォルトゥニーノ君。ヴェローナ以南、ピストイア以北の洋ナシの木にこれまで実ったなかで、もっともすばらしいものだとは思わんか？　棍棒で叩いて実らせた洋ナシだから、味もきっと絶品にちがいない。さあ、急いで収穫して、家内にも食べさせてやってくれ。それと、あまりデリケートなやり方は、木には効かないことを忘れるな。いかなるときであろうと、完全なる服従を強要しなくてはダメだ。そして、彼らが義務を果たさないときには懲《こ》らしめる。世の中の仕組みとは、そんなもんだ」

お人好しのフォルトゥニーノは、顔を赤らめ、頭を垂れた。本当のことをいうわけにはいかなかったし、嘘をつくのは彼の口が拒む。黙っているに越したことはない。どのみち社長は、今日のところはご満悦だ。明日は明日の風が吹く。

それからしばらくしたある朝、マンブレッティ社長がまた庭にやってきた。今度はバラをお望みらしい。

「白《ビアンカ》のバラが欲しい」と、社長はフォルトゥニーノに命じた。「ビアンカという名の、家内の母親にプレゼントするのだ。じつに心憎い贈りものだと思わんかね？」

「おっしゃるとおりです、社長」庭師のフォルトゥニーノは答えた。「ですが、白いバラはまだ花が咲いておりません」

「花がないだと？　バラたちは、そんなことが許されると思っておるのか？　この庭の主人は、このわしだということを、まさか知らぬわけではあるまい」

「ですが社長……」

「ですがもへったくれもない。言い訳などいらぬ。なにも聞きたくない。鞭を持ってこい」

「まさか……か弱い小さな植物たちを、鞭で打つおつもりではないでしょうね？」

「なにが、か弱い植物だ。自分たちの義務ぐらい、きちんと理解できる年頃だろう。鉄は熱いうちに打てというではないか。可愛い子には旅をさせろ、だ。さあ、鞭をよこせ」

「ああ、私はなんて哀れなんだ……」

「君は関係ないだろう？　君を鞭で打つつもりなぞ、毛頭ない。ただ、あいつらの気分に任せてデタラメに花をつけさせるのではなく、主人の望みどおりに花を咲かせるよう、バラを説得するにはどうしたらいいのか、手本を示してやるだけだ」

マンブレッティ社長がバラを鞭で打つあいだ、フォルトゥニーノは両手で目を覆っていた。《見なければ心も痛まない》と教わったのを思い出したからだ。ところがそうしていても、やはり心が疼いてしかたなかった。

「これでよし。やっこさん、明日の朝になればさぞや美しい花を咲かせてくれることだろう。力というものが必要なんだ。おわかりかな、フォルトゥニーノ君。腕力だよ。鉄の腕」

ひとりになると、フォルトゥニーノはやさしい言葉をひとしきりかけ、バラを慰めてやるのだった。自分の言葉は必ずやバラに通じているという確信があった。そして、アスピリンを二錠ほど根元に埋めてやった。ひょっとしたら痛みが和らぐかもしれない。それでも、またおなじことの繰り返しだ。明日はいったいどうなるんだろう？

やっかいなことに、ふたを壊せるような貯金箱ももうない。しかたなくフォルトゥニーノは、五千リラほど用立ててもらうため、自転車をこいで義理の兄を訪ねた。

「悪いねえ。ちょうど今朝、テレビの月賦を払ったばかりで、千リラしか手元にないんだ。それでも構わないなら……」と、義兄のフィリッポはいった。

「どうもありがとう」フォルトゥニーノはため息をつく。

こうしてフォルトゥニーノは、従兄のリッカルド、従弟のラダメス（『アイーダ』

を作曲した偉大なマエストロ、ジュゼッペ・ヴェルディへの敬意をこめて付けられた名だ）、胃潰瘍について蘊蓄《うんちく》をたれたあと、ようやく金を貸してくれた従姉のベルトリーナ、普通の便秘薬とグリセリン座薬の違いについて根掘り葉掘り訊いてきた伯母のベネデッタ、そして、叔母のエネア（父親は、エネアというのが女性の名前だと信じて疑わなかったらしい）の家を順に訪ね、ようやく五千リラを工面することができた。閉店直前の町の花屋に飛びこむと、リヴィエラ海岸産の白いバラを五本買い、ごていねいに消費税まで支払った。夜になるのを待って庭にもどり、バラの木にささやきかけながら、買ってきた花を紐で縛りつけた。

「これで、社長が満足してくれるといいのだが……。私にはこれが精一杯だったんだ。このところ、世間がいかに物価高かは、おまえも知ってるだろう。マンブレッティ社長も、栓抜き部品を値上げしたらしい」

ところが、マンブレッティ社長は、五本のバラでは満足しなかった。

「二ダースほどといったじゃないか！」

「社長、お言葉を返すようですが、そんなことは一言もおっしゃってませんでした」

「なんだね？　君はわしが話す言葉をいちいち数えているのか？　出すぎた真似はよ

したまえ。わかったな。さあ、鞭をよこせ」

「お願いです。やめてください。鞭だけはご勘弁を！」

「いいや、鞭こそが必要なのだ」

マンブレッティ社長は、自分で鞭を取ってくると、バラを鞭で繰り返し打った。それから、ついでとばかりに、半分だけ葉を黄色に染めたといっては、苦蓬《にがよもぎ》に罰を加え、枝が一本歪んでいるといっては糸杉を棍棒で叩き、はしごでも届かないような高い枝に松かさを実らせたといっては、松の木を殴りつけた。

「それに、このしだれ柳ときたら、ちっともしだれてないじゃないか！　こっちのモチノキも、いつまで待っても餅が実らん。レバノン杉なんてものは、いっそのことレバノンに越してしまえばいいんだ！」

「いいかげん、おやめください！　お願いです！」フォルトゥニーノが目に涙をいっぱいためて懇願した。

「君のほうこそ、いいかげんにしたまえ！」マンブレッティ社長が怒鳴った。「君にも、マエストロ・ヴェルディにもうんざりだ！　君は即刻クビだ。失業保険の手続きでもするがいい！」

フォルトゥニーノは、しだれ柳のかわりにうなだれた。おかげでとんだ目に遭《あ》った。あまりに深くうなだれたせいで前が見えず、失業保険の手続きをしようにも、オフィスを何度も間違え、そのたびに追い払われたのだ。

「明日、また来る」社長は、庭の木や草花にいった。「明日になっても反省の素振《そぶ》りが見えないやつらは承知しないぞ。いずれにしても、生活態度についた零点の成績は、帳消しにならんが」

夕暮れが訪れ、つづいて夜がやってきた。夜はいつも時間に正確にやってくる。たとえ一分でも、早すぎたり遅すぎたりすることはない。

マンブレッティ社長ご自慢の庭は、静まりかえった暗闇のなかで、じっと身を潜めているかに見えた。だが、根が思い思いの深さまで主根を伸ばし、さまざまな方向へと枝分かれして絡み合いながら、ぐるぐると巻きつき、もつれ、こんがらがっている地中では、ひそひそ声で綿密な計画が練られていた。

植物同士が会話し、情報や意見を交換し、決まりごとや計画を伝え合うのは、そんな地中の奥深い場所なのである。植物とはすなわち、死に絶えたかのように思われ、あるいは死んだも同然の扱いを受け、葬り去られた種族なのだ。それでいて、どんなに細かい根毛の先までも、脈々と生命力が宿っている。

この、まったく人目につかない場所での談義は、ネズミの往来やムシの幼虫の活動に邪魔されることもなく、夜通し続けられた。体内に土を通過させることで、前に進んでゆくミミズたちに妨害されることもなかった。

翌朝、残忍な意志と、牛の腱でできた鞭をたずさえて、マンブレッティ社長が庭にやってきた。社長は何も疑わずにあたりを見回した。当然ながら、最初に目が行ったのはバラである。

「花が咲いてないな」社長は口に出して確認した。「そうか。このわしは、たんなる口の体操のために喋る愚か者だというのだな？　わしの言葉は訳のわからぬトルコ語と同じだというのだな？　いいか、間違っているのはおまえのほうだ。ほかの連中と同様に、必ずやおまえも服従させてみせる」

社長は、ものすごい剣幕で武器をふりまわしながら、懲らしめてやろうとバラの木に近づいた。

ところが、二歩目を前に出そうとした瞬間、柳がタイミングを見計らって地表すれすれに突き出した根っこにつまずいた。バランスを崩した社長が、とっさにバラの枝にしがみついたところ、ナイフのように長いトゲを突き立てられ、手に深い傷を負った。松の木は、風の助けを借りるまでもなく高いほうの枝をふるい、五百グラムはあるだろう特大の松かさを、社長の頭めがけて落とした。松かさがはじけ、たくさんの松の実が小気味よく小道に散らばる。待ってましたとばかりにリスが駆けつけ、松の実を集めだす。

社長は起きあがると、松の木にむかって怒鳴りちらした。

「ならず者め！　おぼえておけ！」

すると松の木は、社長の頭にもうひとつ松かさを落とした。さらにもうひとつ。四発目は、これまでよりももっと大きなのを。マンブレッティ社長は、シッポを巻いて退散するしかなかった。すかさず、ヒマラヤ杉がいちばん低い枝で社長の足をはらう。社長はまたもや地面に転がった。今度は仰向けだ。洋ナシの木が、ほかに落とすものもないので、蝉の死骸を社長の目めがけて落とした。

「これは、まさに反逆だ！」金切り声をあげるマンブレッティ社長。「武装暴動ではないか。バウンティ号の反乱なみの、集団的命令拒否だぞ！」

樅《もみ》の木は、返事をするかわりに、針のような葉を一握り、社長の口めがけて投げつけた。社長が全部の葉を吹きだすのに二十分はかかったろうか。

「おぼえておくがいい！」ようやく口の中がきれいになると、社長はふたたびどなりだした。

「雑草のように根こそぎ抜いてやる！　細かく細かくちぎって焚き火にくべてやる！　おまえたちの種すら残らないようにな！」

マクロカルパ*が二本の蔓《つる》を伸ばし、社長の首根っこを捕まえた。そのまま首を絞めるかと思いきや、口を塞ぎ、身動きできないようにしっかりと押さえつけただけだった。すると、ミモザが社長の鼻の下をくすぐる。

マンブレッティ社長は身体をよじり、やっとのことで蔓から抜け出すと、悲鳴をあげて逃げていった。

「助けてくれ！　お〜い、フォルトゥニーノ、助けてくれー！」

「私はいません」庭の塀によじのぼり、痛快な面持ちで一連の光景を眺めていたフォルトゥニーノは答えた。「私のことをクビになさったのを、お忘れではありませんよね？　いただいた退職金で、映画でも観にゆこうと思ってます」

マンブレッティ社長は屋敷にこもり、ドアを閉め、チェーンをかけた。それから窓に走り寄り、外のようすをうかがった。庭は、いつになく静まりかえっている。木々は、ついさっきまでの騒ぎなど嘘のようにじっとそこに生えていた。

「そろいもそろってペテン師め！」マンブレッティ社長は独りごちた。そして洗面所へゆき、絆創膏を貼るのだった。

その数は三枚、いや十二枚はあったかもしれない。

＊ウリ科の植物。熱帯アジア産。

13

カルちゃん、カルロ、カルちゃん
あるいは
赤ん坊の悪い癖を矯正するには……

Carlino, Carlo, Carlino

ovvero

Come far perdere ai bambini certe cattive abitudini

「ほうら、カルちゃんですよ」産科クリニックの助産師が、生まれたばかりの男の赤ちゃんを見せながら、アルフィオ氏にいった。

すると、――カルちゃんなんて呼ぶのはやめてくれ――と抗議する声が聞こえてくる。――やたらと「ちゃん付け」にすればいいってもんじゃないよ。ちゃんと、「カルロ」って呼んだらいいじゃないか。べつにヴェルチンジェトリックスでもレオパルドでもいいけど、とにかくれっきとした名前を使ってほしいんだ。わかるだろ？――

アルフィオ氏は唖然とし、赤ん坊の顔を見つめた。赤ん坊の口は動いていない。いまの言葉は、アルフィオ氏の脳に直接響いてきたのだ。助産師にも聞こえたらしい。

「信じられないわ……。こんなに小さいのに、他人に思考を伝達できるだなんて」彼女はいった。

――そりゃあそうさ――と、また例の声。――まだ声帯が完全には形成されてないんだから、声を出してしゃべれるわけないだろう――

「とにかく、ベビーベッドに寝かせておいて、しばらくようすを観ることにしよう」アルフィオ氏は、ますます困惑した面持ちでいった。

赤ん坊は、眠っている母親の傍らにあるベビーベッドに寝かされた。アルフィオ氏は隣の部屋へ行き、赤ちゃんが眠れないからラジオを消すようにと、上の娘に命じた。とたんに、赤ん坊から緊急メッセージが届く。最優先の案件らしい。

――パパ、なに考えてるの？　せっかくシューベルトの『アルペジョーネのためのソナタ』が流れているのに、ラジオを消せだなんて……――

「アルペジョーネだって？」アルフィオ氏は、カルロの言葉を繰り返した。「チェロじゃないのか？」

――もちろん演奏はチェロでしてるよ。一八二四年にシューベルトが作曲したこのソナタ、正確にいうとイ短調なんだけど、いまではたいていチェロで演奏されるんだ。でも、もともとシューベルトは、アルペジョーネを演奏するためにこの曲を書いた。作曲の前年、ウイーンでヨハン・ゲオルク・シュタウファーによって発明された、ギターに似た六弦の楽器さ。「愛のギター」とか、「チェロ・ギター」とか呼ばれたらしいけど、あまり注目されないまま、はかなく消えてしまった。とにかく、このソナタはなかなかいい曲なんだ――

「お……おい、待ってくれよ」アルフィオ氏は口ごもった。「どうしてそんなことを知ってるんだい？」

——どうしてって……——赤ん坊は、またもやテレパシーで答える。——ぼくの目の前にすばらしい音楽百科事典が置いてあるじゃないか。ほら、あそこの棚の上。第一巻の八十二ページに書いてあるアルペジョーネの説明を、読むなというほうが無理だよ——

こうしてアルフィオ氏は、生まれたばかりのわが子が、言葉を使わずに思考を伝達できるだけでなく、離れたところに置いてある本の中身を、ページもめくらずに読むことができることを知った。まだアルファベットすら勉強していないはずなのに。

目を覚ました母親に、一連の出来事が伝えられた。極力ショックを与えないよう、きめ細かな配慮がなされたにもかかわらず、母親は泣き出してしまった。

涙を拭こうにも、手の届くところにハンカチがない。そう思った瞬間、整理だんすの引き出しがひとりでに音もなく開き、《ブロンク》洗剤で真っ白に洗われたハンカチが、きちんと畳まれたまま宙を飛んできた。《ブロンク》は、エリザベス女王の衣装係が愛用している洗剤だ。ハンカチは母親のアデレ夫人の枕元に着地する。いっぽう、ベビーベッドでは赤ん坊のカルロがウインクの練習をしていた。

——いまの手品、どうだった?——カルロがテレパシーでたずねる。

助産師は両手を挙げて逃げだし、アデレ夫人は座ったままの姿勢で気を失った。アルフィオ氏は煙草に火をつけたが、すぐ灰皿に投げ捨てた。煙草なんて吸うつもりはなかったのだ。

「カルロ、おまえは悪い癖があるみたいだな。いまのは礼儀作法に反するぞ。お行儀のよい子どもは、許可もなしに母親の引き出しを開けたりしないものだ」

そのとき、上の娘のアントニアが顔を出した。みんなからチッチと呼ばれていて、年は十五歳と五か月。チッチは生まれたばかりの赤ん坊にやさしく声をかけた。

「こんにちは。元気？」

——まあまあ元気だけど、ちょっとぼっとしてる。なんてったって、生まれるのは初めての経験だからね——

「ウソでしょー！　テレパシーで話ができるの？　カッコいいんだ。ねえねえ、どうやってやるのか教えてよ」

——かんたんだよ。話したいことがあったら、口を開くかわりに、ぎゅっと閉じるんだ。そのほうが衛生的だしね——

「カルロ！」アルフィオ氏は、憤慨して声を荒《あら》らげた。「初対面の姉に、入れ知恵をするのはやめるんだ。チッチはちゃんとした娘なんだからな」

「どうしましょう」正気をとりもどしたアデレ夫人は、大きなため息をついた。「管理人の奥さんに、なんていわれるかしら。父がなんというかしら。父は、昔かたぎで躾《しつけ》にも厳しい銀行の役員なのよ。中世騎士の連隊長の末裔《まつえい》なんですから！」

「じゃあ、あたしはこれで。数学の宿題をしなくちゃいけないの」チッチが、部屋を出ていこうとした。

——数学？——　カルロはなにやら考えている。——わかった、ユークリッドとか、ガウスとか、あのあたりだね。でも、いま手に持っている教科書を使うつもりなら、一一八番の問題の模範解答が間違ってるよ。Xイコール三分の一じゃなくて、四十三分の一になるはずだ——

「さっそく教科書批判だなんて、左派の新聞なみだね」アルフィオ氏が苦虫を嚙みつぶしたような顔をした。

アルフィオ氏はかかりつけの医者を訪ね、診察室で一連の奇妙な出来事について話してみた。そのあいだ、アデレ夫人は待合室で赤ん坊のカルロの相手をしている。

「まったく……」ドクター・フォイエッティはため息をついた。

「世の中には、神も宗教も存在しないらしい！　先が思いやられるというもんだ。ただでさえ毎日のようにストがあるのに、消費税が導入されたらもっとひどいことになるだろうよ。家政婦を見つけるのも一苦労だし、警察官は拳銃の使用が禁じられる。農民はウサギを飼いたがらないし……。水道の修理を頼みたくても、誰も来やしないんだ。おい、きみ、赤ちゃんに中に入ってもらってくれ」

診察室に入ったとたん、カルロはピンときた。ドクター・フォイエッティはかつて、何年かザグレブに住んでいたことがあるはずだ。そう、ドクターはカルロにしか見分けられない徴候を示していた。そこで、カルロはクロアチア語で話してみた。むろん、テレパシーでだ。

――Doktore, vrlo teško probavljam; često osjećam kiseli ukus: osobito neka jela ne mogu probaviti――

（先生、ぼく、どうも消化不良みたいなんです。よく酸っぱいゲップが出るし、食べ物によっては、どうしても消化できないものがあって……）

不意討ちをくらったドクターは、反射的に話しかけられたのとおなじ言語で答えた。

「Izvolite leći na postelju, molim Vas...」

（それでは、ベッドに横になってください）

それから、気をとりなおすために拳で自分の頭を叩くと、診察をはじめた。カルロの精密検査は、まる二日と三十六時間かかった。その結果、生後四十七日目の新生児であるカルロは、次のような能力を持っていることがわかった。

一．ドクター・フォイエッティの脳にインプットされている親類縁者の名前を、また、またまた従兄弟まで正確に読みとれるだけでなく、ドクターが幼少より培《つちか》ってきた科学的・文学的・哲学的・サッカー的知識を吸収することができる。

二．十八キロもの医学書の下に埋もれた一枚のグアテマラの切手を見つけだすことができる。

三．看護師が患者の体重を測定するために使う体重計の針を、視線だけで自在に動かすことができる。

四．ラジオの番組を受信するだけでなく、発信することもできる。FMやステレオ試験放送も例外ではない。

五．テレビ番組を受信して、壁に映像を映しだすことができる。ただし、クイズ番組は趣味でないらしい。

六．ドクターの白衣のほつれを、手をかざすだけで繕うことができる。

七．患者の写真を見ると、自分まで急に腹痛を感じ、急性盲腸炎と正確に診断を下すことができる。

八．ガスも使わずに、フライパンでドーナツを揚げることができる。

それだけでなく、カルロは床から五メートル十九センチの高さまで自分の身体を浮かせることもできるし、葉巻の缶に入れ、三巻き分のセロハンテープでぐるぐる巻きにした聖アントニオのメダルを、超能力で缶から出すこともできる。ジュリオ・トゥルカート*の絵を壁から消すこともできるし、薬の戸棚の中に亀を出現させたり、バスタブの中にビロード毛蕊花《もうずいか》を咲かせたり、しおれかけている菊の花に催眠術をかけ、初々しい色をよみがえらせたりすることもできる。

ウラル山脈の鉱石に触れるだけで、二十世紀初頭のロシア前衛芸術の全歴史を、史実にもとづいて語ることもできるし、死んだ魚や鳥のミイラを作ることもできるし、ワインの発酵を途中でとめることもできるし……。

＊一九一二〜九五年。イタリアの抽象画家。

「症状は重いのですか?」ショックを隠しきれないようすのアデレ夫人がたずねた。

「絶望的な症例といえるでしょう」ドクター・フォイエッティは口ごもった。「生後四十七日でこのような行動をとるなんて、四十七か月にはどんなことをしでかすか、思いやられます」

「四十七歳になったら?」

「とっくに終身刑でしょう」

「そんなことになったら、お祖父ちゃんの名が汚れるわ!」嘆き悲しむアデレ夫人。

「なにか手だてはないのですか?」アルフィオ氏がたずねる。

「とりあえず、この子を待合室へ連れていき、全号が揃っている『官報』でも持たせておきましょう。そうすれば、記事を読むのに没頭して、われわれの話は聞こえないはずです。いや、聞こえないことを祈るしかありません」

「それで? どうするんです?」『官報』作戦を実行しおえると、アルフィオ氏は待ちきれないというようにたずねた。

ドクターは、アルフィオ氏の右の耳元で十分ほどささやきつづけ、すべきことをひとつ残らず直接説明した。それを、アルフィオ氏はいったん記憶し、アデレ夫人の左の耳に中継した。

「それは、まさにコロンブスの卵じゃないか！」アルフィオ氏は、つい嬉しくて大声を出した。

――どっちのコロンブスのこと？――　待合室のカルロが、テレパシーでそうたずねた。――クリストファー？　それともエミリオ？* はっきり喋ってくれないと、わからないじゃないか――

ドクターはアルフィオ氏とアデレ夫人に片目をつぶってみせる。三人とも含み笑いを浮かべたまま黙っていた。

「どっちのコロンブスだって訊いてるんだよ！」おチビちゃんが抗議する。すると、超能力によるコミュニケーションエネルギーが膨大すぎて、壁に穴が開いた。

それでも大人たちは、まるで茹でた魚のように黙っていた。そのうち、赤ん坊のカルロは、みんなの注目を自分に向けるために、ほかのコミュニケーション手段に頼るしかなくなった。いかにも悲しそうに「おぎゃー！　おぎゃー！」と泣きはじめる。

＊エミリオ・コロンボ。一九二〇年～。イタリアの政治家。

「うまくいったぞ！」アルフィオ氏は、喜びを抑えきれないようすだ。

アデレ夫人は、ドクター・フォイエッティの手をつかむと、跪《ひざまず》いてキスをしながらいった。

「私たちをお救いくださって、どうもありがとうございます！ 手帳にお写真を貼らせていただきますわ」

「おぎゃー！ おぎゃー！」カルロはますます声を張りあげる。

「大成功だ！」アルフィオ氏は大はしゃぎで、ワルツのステップを踏みながらくるくるとまわった。

無理もない。仕掛けはきわめてシンプルだった。カルロがテレパシーで自分の考えを伝えてきたときに、キャッチできないふりをしていればいいのだ。そうすれば、ほかの赤ん坊と同様に、言葉を知らない新参者らしくふるまうしかない。

子どもというのは覚えるのも早いが、忘れるのはもっと早い。六か月も経つころ、カルロは自分がトランジスターラジオよりもよほど優れた才能を発揮していたことなんて、すっかり忘れていた。

その間、カルロの家からは本が跡形もなく消えていた。分冊百科事典さえ一冊もない。本を閉じたまま中身を読む練習をする機会がなくなり、いつのまにかカルロの能力は失われていった。聖書だって丸暗記していたはずなのに、忘れてしまった。みんなは手を叩いて喜んだ。主任司祭も、さぞや胸をなでおろしたことだろう。

それでも、二、三歳までは、視線だけで椅子を浮かせてみせたり、指一本触れずに操り人形を動かしたり、離れたところからミカンの皮をむいたり、鼻に指をつっこむだけでレコードプレーヤーの上のレコードを取りかえてみせたりして喜んでいた。

やがて、ありがたいことに幼稚園に通いはじめた。そして、幼稚園の友だちを楽しませようと、逆さまになって天井を歩いてみせた。即座に、お仕置きを受け、教室の隅っこに一人で立たされる。精神的に大きなショックを受けたカルロは、これからはチョウチョウの刺繍に一生懸命とりくむと誓った。刺繍用の布にシスターが描いてくれた下絵どおり、ひと針ひと針心をこめて刺してゆくのだ。

七歳になると、カルロは小学校にあがった。さっそく、教壇にかわいいカエルを出現させた。ところが担任は、ちょうどよい機会だからと両生類の特徴を説明し、ジャンプ力の強さを観察させ、スープに入れるとおいしいと教えるのではなくて、用務員を呼びつけたのだった。そうしてカルロは、校長室へ連れてゆかれた。

校長はといえば、新入生のカルロに、カエルは真剣にとりくむに値しない生き物であることを話し、そんなイタズラをしていると、イタリア共和国だけでなく、太陽系にあるすべての小学校から追放されてしまうと脅すのだった。

「細菌を殺してもダメなの？」カルロが質問した。

「ダメだよ。それは、お医者さんの仕事だからね」

校長がしてくれた、物事の根幹にかかわる説明についてあれこれ熟考していたカルロは、うっかりしてゴミ箱にバラの花を咲かせてしまった。さいわい、校長が気づくよりも早く、消すことができた。

「もう行きなさい」校長は、人差し指でドアを差しながら、厳粛な口調でいった。いちいち指なんて差さなくてもわかるのに。校長室にはドアがひとつしかなく、間違えて窓から出てゆく人はいないのだから。

「家に帰るんだ。これからは良い子になって、お父さんやお母さんを喜ばせてあげるんだよ」

カルロは校長室を出た。そして家に帰り、宿題をすませた。答えはみごとに間違いだらけだ。

「まったく、頭が悪いんだから」ノートをのぞきこみながら、チッチがいった。

「ほんとう？」カルロはうれしくて心臓が張りさけそうだった。「ぼく、そんなに頭が悪くなった？」

あんまり嬉しかったので、ついカルロは、テーブルの上にリスを出してしまった。だが、次の瞬間にはリスの姿を透明にしたので、なにも疑われずにすんだ。チッチが自分の部屋に入ってしまうと、彼はふたたびリスを出してみる。だが、うまくいかない。モルモットも、マグソコガネも、ノミすらも出せない。どんなにがんばってもダメなのだ。

「ああよかった」カルロは、ほっとため息をついた。「悪い癖がみんな治ってきたみたいだ」

近ごろでは、「カルちゃん」と呼ばれても、文句ひとつついわなくなった。

14

ピサの斜塔をめぐるおかしな出来事

Strani casi della Torre di Pisa

ある朝のこと、カルレット・パッラディーノは、いつものごとく、ピサの斜塔のあしもとで観光客に土産品を売っていた。すると、金と銀に光る巨大な宇宙船が上空にあらわれ、停止した。しかも、宇宙船の胴体からなにやら出てくるではないか。どことなくヘリコプターにも似たその物体は、奇跡の広場《カンポ・ディ・ミラコリ》の芝生に着陸した。

「たいへんだ！」カルレットは叫ぶ。「宇宙からの侵略者だぞ！」

「逃げろ！　隠れるんだ！」さまざまな国の言葉で、悲鳴が飛びかう。

ところが、カルレットは逃げも隠れもしなかった。台の上の大切なショーケースを置き去りにしたくなかったのだ。ケースの中には、石膏や大理石やアラバスターでできたピサの斜塔のミニチュアが、いくつもいくつもきちんと斜めに整列している。

「お土産だよ！　お土産はいかが！」

売りものを指さしながら、彼は宇宙人にむかって大声をはりあげた。謎の物体から降りたった宇宙人は三人だったが、十二本の手を振って挨拶している。一人につき四本の腕を持っていたのだ。

「カルレットさんや！　こっちに逃げてきなさいな」土産品店の奥さんたちが、遠くから叫んだ。カルレットの身を案じているふりを装っていたものの、本当のところはライバル意識を燃やしていたのだ。だからといって、宇宙人に近づいていって自分の店のミニチュアを売るだけの勇気はない。

「お土産はいかが！」

「そう焦るでない、ピサのお人よ」宇宙人の声が響いた。「まずは自己紹介だ」

「はじめまして。カルレット・パッラディーノと申します」

「ピサの皆さん、騒がせてすまない」声は、流暢《りゅうちょう》なイタリア語で続けた。

「われわれは、あなたがたの住む地球から三十七光年と二十七センチのところに位置する、カルパ星から来た。滞在は数分の予定だ。怖がる必要はいっさいない。われわれは商業上の任務で来ただけなのだ」

「そういうことじゃないかと思ってたよ」カルレットはつぶやいた。「やっぱり商売人どうしだけあって、すぐに心が通じ合う」

目に見えない拡声器で拡大された宇宙人の声がメッセージを何度か繰り返すと、観光客や土産品店の人びとや子どもや野次馬が、隠れていた場所から次つぎと姿をあらわし、互いに勇気づけながら少しずつ近づいてきた。

けたたましいサイレンを鳴らし、警察や消防隊、機動隊や交通巡査が、治安を守ろうとばかりに駆けつけた。市長までが白馬にまたがってやってくる。

三度ほどラッパの音が響き、つづいて市長の挨拶。

「ようこそお越しくださいました。悠久の歴史を誇り、世界に名高きわが町ピサの、悠久の歴史を誇り、世界に名高き斜塔のもとに皆さんをお迎えでき、これ以上の光栄はございません。前もってご訪問をお知らせいただけましたならば、悠久の歴史を誇り、世界に名高きカルパ星からのお客さまをお迎えするにふさわしい準備もできましたものを、残念ながら……」

「いやいや」三人いる宇宙人のうちの一人が、四本ある腕のうちの二本をふって、市長の演説をさえぎった。「気づかいは無用。われわれの用事は十五分もあれば済む」

「汗でもお流しになりませんか。ちょうど、入浴施設の無料サービス券をお持ちしております」

三人の宇宙人は、もはや市長の話を無視し、まっすぐ斜塔へと近づいていった。そして偽造品でないことを確かめるかのように、あちこち撫でまわしている。そのうち、カラカルパッコ語によく似た、かといってカバルディン＝バルカリック語に似てなくもない言葉で、なにやら議論をはじめる。宇宙服からのぞいて見える彼らの顔つきは、まがいもなくカルパ星人のそれだった。

市長は慇懃《いんぎん》に歩み寄る。

「イタリア政府やイタリアの科学者、報道機関とコンタクトをお取りになってはいかがですか？」

「そんな必要はない」宇宙人のリーダーは反論した。「大勢のＶＩＰの手をいちいちわずらわせるまでもないのだ。塔を頂戴したらすぐに去る。心配するな」

「何を……頂戴すると？」

「塔だ」

「失礼ですが、カルパ星人殿。私の聞き違いかもしれません……。要するに、あなたがたは斜塔に興味がおありで、お仲間といっしょに斜塔に登り、てっぺんからの眺めを楽しみたいということですね。時間の有効活用のため、ついでに物体の落下の法則に関する科学実験でもなさるおつもりで？」

「いいや」カルパ星人は辛抱強く説明した。「われわれは斜塔を頂戴するために来たのだ。カルパ星に塔を持って帰らねばならない。こちらの婦人が目に入らぬか」

そういうと彼は、仲間の宇宙人の片ほうを指さした。

「彼女は、北カルパ共和国の首都から数キロの、スプ市に在住の、ボール・ボール夫人だ」

自分の名前を聞いた宇宙人女性は、嬉しそうに向きなおり、ポーズをとった。写真を撮ってもらえると思ったのだ。市長は写真の撮り方を知らない非礼を詫びてから、あきらめずに先ほどの話題を持ちだした。

「ボール・ボール夫人がどのような方か存じませんが、とにかく、大司教や文化財保護官の許可なしでは、斜塔に手を触れることもできません。持ち帰るなんてもってのほかです！」

「ご理解いただけないようだが、ボール・ボール夫人は、ブリック社の豪華懸賞でピサの斜塔を当てたのだ。かの有名なブリック社の固形スープの素をこまめに買い、百万点を集めて二等を勝ち取った彼女には、賞品としてこちらの斜塔を贈呈することになった」

「それはすばらしいアイデアですね」市長は感心した。

「すばらしいアイデアというよりも、『ブリックスープのシックなアイデア』といっていただきたい」

「うまいことをおっしゃいますね。ところで、一等の賞品は？」

「一等は、南太平洋の島だ」

「なかなかシャレてますな。あなた方はずいぶん地球がお好きとみえます」

「その通り。わがカルパ星での地球人気は絶大なもので、地球の景観は空飛ぶ円盤でくまなく撮影され、放送されている。近ごろでは固形スープの素を製造する会社がこぞって懸賞を実施し、地球の歴史的建造物を賞品にしようと先を争って権利を申請しているが、ピサの斜塔については、ブリック社がカルパ政府から独占権を獲得した」

「なんとも勝手なお話で……」市長は不満をあらわにした。「あなた方にとってはピサの斜塔など、誰のものでもないということなのですか！　早い者勝ちで自分のものにしてしまおうだなんて」

「ボール・ボール夫人はご自宅の庭に飾りたいとおっしゃっている。むろん、人気のスポットとなることだろう。カルパ星中からカルパ星人が見物に押し寄せるのは間違いない」

「ちょっと待ってください！」市長は声を荒らげた。「これは私の祖母の写真です。お友ただで差しあげますから、ボール・ボール夫人の庭に飾ってもらってください。お友だちのあいだでさぞや評判になることでしょう。ですが、斜塔には指一本触れさせませんぞ！　しかとお聞きいただけましたかな？」

「よいか」宇宙服のボタンを見せながら、カルパ星人のリーダーがいった。「このボタンが見えるかな？　ひとたびこのボタンを押せば、ピサは木っ端微塵に吹っ飛び、二度と地球に存在しない町となるのだぞ」

市長は、ぐっと息をのんだ。市長をとり囲んでいた群衆も、恐怖に怯えて静まりかえった。

広場の向こうで、子どもを呼ぶ女性の声だけが響きわたる。

「ジョルジーナ！　レナート！　ジョルジーナ！　レナート！」

カルレット・パッラディーノは、そのようすを見ながら頭の中でつぶやいた。

「なにかを手に入れたければ、誠意を持って交渉するに限るなんて、やっぱり嘘なのかもしれない」

カルレットがこの重大な命題に答えを出すよりも早く、目の前にあったはずの斜塔が消え、あとに残された空洞に、すきま風のような音を立てて空気が吹き込んだ。

「ご覧のとおり、ごくごく簡単なことだ」カルパ星人はいった。

「ピサの斜塔をどこにやったのです？」市長の声は悲鳴に近い。

「あそこだよ。運びやすいように、少々小さくさせてもらった。ボール・ボール夫人の家に着いたら、元通りの大きさにもどせばいいだけの話だ」

カルパ星人のいうとおり、目をこらすと、これまで高々と斜めにそびえていた塔が消え、跡に残された空間の真ん中に、ものすごくちっぽけな塔がぽつんと立っているのが見えた。どこもかしこも、カルレット・パッラディーノの出店に並べられた土産もののミニチュアにそっくりだ。

人びとの口から、「おおお――」という長い吐息がもれた。そのあいだにも、先ほどから子どもたちを呼んでいる女性の声が聞こえていた。

「レナート！　ジョルジーナ！」

ボール・ボール夫人は、地面にかがみこんだ。小さくなった塔を拾いあげ、ハンドバッグにしまおうとしたのだ。ところが彼女よりもひと足早く、何者かが――正確にいうと、カルレット・パッラディーノが――悠久の歴史を誇り、世界に名高きモニュメントの変わり果てた姿に駆け寄った。さながら、主人の墓にすがりつく（いや、すがりつくとされている）忠犬のようだ。彼の行動に不意をつかれたカルパ星人たちは一瞬遅れをとるが、すぐにありったけの腕を使ってなんなくカルレットの動きを封じ、軽々と持ちあげ、塔から然るべき距離のところに降ろした。

「これでよし」カルパ星人のリーダーはいった。「斜塔はわれわれが頂戴したが、あなた方にはほかにも数多くのすばらしい文化財が残されている。ブリック社に課された任務は完了した。皆さんのご協力に感謝する。さらばだ」

「地獄におちるがいい！」市長は答えた。「略奪者め！　必ず後悔させてやる。いつかきっと空飛ぶ円盤を手に入れて……」

「懸賞つきの固形スープの素なら地球にもあるのにねえ」市長の背後から誰かがいい添えた。

「必ず後悔させてやるからな！」市長は繰り返した。

ボール・ボール夫人のハンドバッグの口が、カルパ星人ならではの力で勢いよく閉じられて、ガチャリと音をたてた。市長の馬がヒヒーンといなないたが、何をいいたかったのかはわからない。つづいて、カルレットの声がした。

「あのー、カルパ星人さん……」

「なんだね？」

「ひとつだけお願いがあるのですが……」

「嘆願なら、印紙の貼ってある紙を使用してくれ」

「そうでなく、ほんとにちょっとしたお願いなのです。ボール・ボール夫人は無事に賞品を手にしたのですから……もしできることなら……」

「できることなら、なんだ？」

「これは、わしらの素晴らしい斜塔のミニチュアです。ご覧のとおり、大理石の玩具にすぎません。ですが、あなた方のお力でしたら、これを本物の斜塔とおなじ高さにまで大きくするくらいはわけないことでしょう。そうすれば、わしらにも斜塔の思い出が残るというものです……」

「そんなことをしても、歴史的に見ても芸術的に見ても、観光的に見ても斜めから見ても、なんの価値もない偽の斜塔にすぎないのだぞ」カルパ星人のリーダーは、呆れたようにいった。「麦飯とおなじ、ただの代用品だ」

「贅沢はいってられません」カルレットは引き下がろうとしない。「このさい、代用で満足するしかないでしょう」

カルパ星人のリーダーが、ボール・ボール夫人ともうひとりの仲間にこの奇妙な願いの話をすると、二人は笑いだした。

「情けない真似はよしてくれ！」市長が文句をいった。「代用品なんて置いたら、町の恥だ！」

「市長さん、どうかひとつお願いします」カルレットは必死だった。

結局、カルパ星人が望みを聞き入れてくれることになった。

「よかろう。こっちによこすんだ」

カルレットがミニチュアの斜塔をカルパ星人に差し出す。カルパ星人のリーダーは、それをちょうどいい位置に置き、宇宙服についているボタン（いうまでもなく、先ほどの爆弾発射ボタンとは違うボタンだ）をそちらの方角に向けて押した。すると……あれよあれよという間に、再びピサの斜塔が元の位置にあらわれたではないか！

「ひどいシロモノだ！」市長は文句をいいつづける。「遠くから一目見ただけで、すぐにユダのごとく偽りの塊だということがわかる。さっそく今日にでも、この不名誉なシロモノを解体させることにしよう」

「まあ、好きなようにするがいい」カルパ星人はいった。「では、われわれはこれでお暇《いとま》する。ご機嫌よう。さらばだ」

カルパ星人たちは、「どことなくヘリコプターのような物体」に乗り込み、金と銀に光る宇宙船のなかへと吸い込まれていった。すぐに空はもとの静けさをとりもどし、一羽のスズメが飛んでいるだけだった。スズメは、「悠久の歴史を誇る斜塔」のてっぺんにとまった。

そのとき、おかしなことが起こった。途方にくれた人びとや、失意のどん底の警察や消防、しゃくりあげて泣いている市長を横目に、カルレット・パッラディーノがタランテッラを踊りだしたのだ。

「かわいそうに！」人びとはいった。「悲しみのあまり、頭がおかしくなったにちがいない」

「頭がおかしいのは、みんなのほうさ」カルレットは大声でいった。「まったく、そろいもそろって、バカでアホだ！　おまけに、どいつもこいつも、市長の馬みたいに間が抜けてやがる。カルパ星人が見ている前で、塔をすりかえたのに気づかなかったのかい？」

「本当か？　いつ？」

「あいつらが塔を小さくしたとき、わしが駆け寄っただろう。主人の墓にすがりつく犬を真似てね。あのとき、縮んだ塔と店の土産もののミニチュアをすりかえたんだ。そして、いま、ボール・ボール夫人のハンドバッグに入っているのは、偽物の斜塔さ。そして、ここにあるのこそ、本物のピサの斜塔ってわけだ！　しかも、元通りの大きさと斜めさにもどしていってくれた。わしらのことをバカにして嘲笑いながら。ほら、じっくり見てみろ！　触ってみるんだ。みんなの落書きだって、ちゃんとあるだろ？」

「ほんとうだわ！　間違いない！」ひとりの女性が声をあげた。

「うちの子どもたちの名前もある。ジョルジーナにレナート。今朝、ボールペンで落書きしたとこなのよ！」

「そいつはすばらしい！」落書きを調べていた巡査がいった。「奥さん、ここで罰金を支払いますか？　それともお宅に請求書を？」

ところが、その日は特別に、市長がポケットマネーで罰金を支払ってくれることになった。いっぽう、カルレット・パッラディーノは大喜びの人びとに胴上げされた。もっとも、彼にとってはたんなる時間の無駄でしかなく、迷惑な話だったけれど。というのも、そのあいだ観光客は、ライバル店の土産ものを買ってゆくのだから。

15

ベファーナ論

Trattato della Befana

魔女のベファーナ*は、三つの部分に分けることができる。ほうき、ずだ袋、おんぼろ靴。なかには違う分け方をする人もいるだろうし、好きなように分けてもらってかまわないのだが、個人的にはこの分け方がいちばん正しいと思っている。

これら三つの項目について、混同することのないよう、ひとつずつ以下に論じてゆきたい。

第一部　ほうき

一月六日が過ぎると、ローマのナヴォーナ広場のベファーナは、ほうきにまたがって別世界を訪れる。月や火星やアンタレス星へと飛びまわり、銀河系星雲をめぐり、宇宙をひとまわりするのだ。

そして、ようやくベファーナばかりがたくさん住む国に帰ってきたと思ったら、いきなり妹を怒鳴りつけた。床を磨いていないだとか、家具がほこりをかぶっているだとか、きちんと美容院に行ってないとか、理由はいろいろ。

ベファーナの妹も、これまたベファーナだったが、どうも旅は好きになれない。年がら年中家にいて、チョコレートをかじったり、アニス味のキャンディをなめたりしていた。

ベファーナの姉妹は、二人でほうき店を営んでいた。この国のベファーナたちはみんな、この店でほうきを買う。オメーニャのベファーナも、レッジョ・エミリアのベファーナも、リヴィゾンドリのベファーナも、みんなだ。ベファーナは何千人といたから、じつに多くのほうきが消費され、商売はたいへん繁盛していた。

ところがあるとき、売り上げが落ちはじめた。心配したベファーナが妹にいった。

「最近、ずいぶん売り上げが減ったねえ。このままじゃまずいよ。毎日それだけチョコレートをかじってれば、なにかいい考えがひらめきそうなもんだけどね」

「バーゲンセールをしたらいいんじゃない？　たしか去年のバーゲンのときなんて、リサイクル品のほうきを新品だっていって売りつけたでしょ」

「もっとまともなアイデアは思いつかないの？　さもなきゃキャンディの分け前を減

＊ベファーナとは、エピファニア（公現祭。一月六日）の前夜、子どもたちに贈り物を届けてくれると信じられている魔女のこと。贈り物を入れた袋を背負い、ほうきにまたがっている。

らすよ」

ベファーナの妹は、懸命に知恵を絞る。

「そうねえ……なにか新しいトレンドを生み出すっていうのはどう？　例えば、《ミニほうき》とか」

「《ミニほうき》って、なんのこと？」

「ものすごく丈の短いほうきよ」

「それって、ちょっと破廉恥すぎない？」

「ううん、頭の古いおばあさんたちからは文句が出るかもしれないけれど、今どきの若いベファーナには受けるんじゃないかしら」

《ミニほうき》は、またたくまに大流行となった。熟年のベファーナたちは、はじめのうちこそぎゃーぎゃーと文句をいい、保守系の新聞に嘆願書を送ったり抗議デモを行ったりした。

ところが、彼女たちもやがて、家の中でカーテンをぴっちりと閉めたうえで、《ミニほうき》の使い心地をこっそり試してみるようになった。

とうとうある日、穏やかな陽射しにさそわれて、《ミニほうき》で出かけた。なかにはケチなおばあさんもいて、いままで使っていたほうきの柄を短く切って《ミニほうき》に見せかけようとした。

だが、そんなのは見ればすぐにわかることで、けっしてお洒落とはいえない。ほうきだってバランスがとれていないとダメなのだ。

ところが、しだいに《ミニほうき》の売り上げも落ちはじめた。

「なにをぐずぐずしてるのよ」ベファーナが妹にいった。「なにか別のアイデアは思いつかないの？　映画館に行くためのお小遣いをカットするわよ」

「あんまり考えつづけると、頭が痛くなってくるの」

「考えないのなら、映画館にも行かせない」

「ひどい！　そうだわ。《ロングほうき》を流行《はや》らせればいいんじゃない？」

「《ロングほうき》って？」

「ものすごく長いほうきのことよ。ふつう使われているほうきの二倍の丈にするの」

「そうねえ……。ちょっと大げさすぎない？」

「そりゃあ大げさに決まってるわ。だからこそ流行るのよ」

一番乗りのベファーナが（とてもチャーミングで、若いベファーナだった）《ロングほうき》で街に姿をあらわすと、ほかのベファーナたちは、羨望のあまり気が狂いそうになった。

その日、街では失神したベファーナが二十七人、神経衰弱を起こしたベファーナは三十八人、しゃっくりはなんと四万九千回を超えた。

《ロングほうき》を売る店の前には、ここから優にブスト・アルシツィオまで届くほどの長さの行列が、夜になるまで続いた。

翌年、ベファーナの妹は、マロングラッセ一箱と引き換えに、《ミディほうき》を考案した。それが爆発的なヒットとなって、大儲けしたベファーナは、掃除機の店をオープンする。

ベファーナの苦悩がはじまったのは、このときからだ。ほうきでなく掃除機に乗って旅をするベファーナたちは、雲や彗星、小鳥や大きな鳥、パラシューターや凧、隕石、人工衛星や本物の衛星、小惑星にコウモリ、はてはラテン語の教師まで吸い込むようになった。

あるとき、うっかり者のベファーナが、乗客を乗せたまま旅客機を吸い込んでしまい、煙突を通って一人ひとり家まで送り届ける羽目になったそうだ。掃除機は家の中で掃除をする分にはいいかもしれないが、旅に出るには、昔ながらのほうきのほうがはるかに便利だ。

第二部　ずだ袋

あるときのこと、ローマのベファーナは、プレゼントが入っているずだ袋に、穴が開いているのに気づかないでいた。空を飛びまわるうちに、プレゼントがばらばらと落ち、あちこちに散らばった。電池式の玩具《おもちゃ》の電車は、サン・ピエトロ寺院のクーポラの上に落ち、外周をがむしゃらに走りはじめた。ふと窓の外を見やったヴァチカンの枢機卿は、大きなクーポラの上でメリーゴーランドのように回転するシロモノを見て、冷や汗をかいた。

「悪魔だ！　この世の終わりだ！」枢機卿は叫んだ。

別の枢機卿は、電車の時刻表を確認してから、かぶりをふった。「ヴィテルボ行きの鈍行列車が、線路を間違えたにちがいありません」

オオカミの巣穴のそばには、人形がひとつ落ちてきた。すぐさま、オオカミたちは思いこんだ。「ローマ建国の、ロムルスとレムス*のときとおなじだ。両の前足で栄誉をつかむチャンスだぞ。この赤ん坊を大切に育てよう。大きくなったら都市を築き、英雄となるだろう。そうすれば、あちこちに俺たちのブロンズ像が造られる。そのブロンズ像を、市長は邪魔だといって、町を訪れる名士にプレゼントするんだ」

オオカミたちは来る年も来る年も、人形をいつくしんで育てた。だが、少しも大きくならない。それどころか、だんだん磨り減ってゆくのだった。靴がなくなり、髪の毛も抜けおち、目玉もとれてしまった。

とうとう牡オオカミと牝オオカミは栄誉をつかむことなく年老いていった。それでも、野放しの猟師たちが数多くうろつく世の中なのだから、生きているだけで十分幸せだとつくづく思うのだった。

マンブレッティ社長が、ガールフレンド（社長夫人も彼女とは顔見知りだったが、けっしていい友だちではなかった）に贈るはずだったミンクの毛皮は、サルデーニャ島で羊の群れの番をしていた羊飼いのすぐそばに落ちた。羊飼いは、「助けてくれ！幽霊だ！」と悲鳴をあげながら逃げだすかと思いきや、落ちてきた毛皮をちゃっかり着込んで、暖をとった。

バックミラーでそのようすを見ていたベファーナは、引き返し、羊小屋めがけて急降下をはじめた。だが、真ん中ぐらいまでおりたところで、考えなおす。「このままのほうが公平ってもんよね」ベファーナはいった。「毛皮のコートをすでに二枚も持ってて、エアコン付きの車まで持っている恵まれた御婦人と、あの羊飼い、いったいどっちが暖かい毛皮を必要としてると思う?」

またあるとき、ベファーナたちは、別れの挨拶やら忠告やら、咳払いやら涙やら、とにかく出発直前の慌しさにまぎれて、ずだ袋を取り違えてしまった。つまり、ドモドッソラのベファーナは、マッサロンバルダで配るはずの袋を持ち、サラエヴォのベファーナは、フライブルク・イム・ブライスガウで配るはずの袋を、持っていってしまったのだ。

プレゼントをすべて配りおえてから、袋を間違えたことに気づき、この世の終わりかと思われる騒ぎとなった。あんたのせいよ。違う、悪いのは彼女よ。だから、あたし、いったじゃないの。そんなの聞いてないわよ。あんたんとこのお祖母ちゃんに話

*古代ローマの伝説上の建設者。捨てられていた二人をオオカミが育てたと伝えられる。

したんじゃないの……とまあ、こんな調子。

「もう起こってしまったことなんだから、くよくよ泣いてたってはじまらない」ローマのベファーナがいうと、

「あたし、泣いたりなんかしないもの」黒い瞳にブロンドの髪の若いベファーナがい い返す。「そんなことしたら、お化粧が台無しになっちゃうじゃない」

「そうじゃなくて、こうなった以上、すべきことはひとつしかないっていってるのよ。もう一度もどって、プレゼントを返してもらって、配りなおすの。今度こそごちゃごちゃにならないよう、正しい住所にきちんと配るのよ」

「そんなこと、ぜったいにイヤ」先ほどの、若いベファーナがいった。「彼氏とピッツァを食べにいく約束してるんだもの。正しい住所だろうが間違った住所だろうが、あたしには関係ないわ」

そしてさっさと行ってしまい、ふりむきもしなかった。ほかのベファーナたちは、大きなため息をつきながらも、いま来た道を引き返そうとした。しかし、どうやら遅すぎたようだ。街のあちこちでは、早くも子どもたちが目を覚まし、なにはさておきベファーナのプレゼントを開けはじめている。

「あらまあ、困ったわ！」

だが、困ったことなどひとつもなかった。子どもたちは大満足だったのだ。自分のところに届いたプレゼントに文句をいう子どもなど、一人もいない。ウイーンの子どもは、ナポリの子ども用のプレゼントを受け取ったが、それでもやはり大喜び。

「わかったわ」ローマのベファーナはいった。「世界中どこへ行っても、子どもはみんないっしょだから、おなじ玩具が好きなのよ。この謎は、ほかに説明のしようがないわ」

「まったく、なにをいってるの……」あとになって、ポルト酒をツーフィンガーほどグラスに注ぎながら、妹のベファーナがいった。

「姉さんってば、相変わらず理想主義者なのね。世界中の子どもがおなじ玩具を好きなのは、おなじ大企業によってつくられた玩具だからってことがわからないの？　子どもたちは自分で選んでいるつもりで、おなじものを選ばされてるのよ。メーカーが子どもたちのために、あらかじめ選んだ玩具をね」

さて、この二人のベファーナ姉妹、はたしてどちらの意見が正しいものやら……。

第三部　おんぼろ靴

子どもたちはみな、ベファーナの靴がおんぼろだということを知っている。なにせ、歌にもあるくらいだ。なかには、おんぼろ靴からのぞいている足の指を見て、笑い出す子もいる。かと思えば、夜も眠れないくらい心を痛める子もいた。

「かわいそうなベファーナ。さぞやお御足《みあし》が冷たいでしょうに」シスターの幼稚園に通う子どもたちは、言葉遣いが丁寧で、「足」などとはけっしていわなかった。

どちらかというと、ベファーナに同情を寄せる子どもの数のほうが多かった。彼らは新聞やラジオやテレビの人気番組に手紙を書き、ベファーナに新しい靴を買ってあげるための募金を呼びかけるように頼んだ。

ところが、いざ募金がはじまると、とたんに詐欺グループが出現し、家々をまわって募金をだまし取ってしまった。詐欺グループが狙ったのは、最初はミラノ、それからトリノ、そしてフィレンツェ。ナポリでは、なぜか詐欺が計画されることはなかった。詐欺グループは二億千二百万リラ集めることに成功し、海外に逃亡し、スイスやシンガポールや香港に送金した。

けっきょく、ベファーナの靴はおんぼろのままだった。

そこで、大勢の子どもたちがおなじことを考えた。一月五日の晩、ベファーナにプレゼントを入れてもらう空の靴下の隣に、大きな黒い靴下をぶらさげたのだ。靴下には、「ベファーナへ」と書かれたカードが添えられている。そして、中には一足の新しい靴。

中高年の女性向きの靴とはいえ、どれもエレガントなものばかり。黒がほとんどだが、焦げ茶やベージュのもある。ハイヒール、ローヒール、ぺったんこ。バックルがあしらってあるもの、紐のついたものなど、いろいろだ。

どういうわけかはわからないが、子どもたちがプレゼントを用意してくれていることを、ほかのベファーナたちよりも先に知ったベファーナがいた。ヴィジェーヴァノのベファーナだ。彼女は、みんなよりも一時間早く目覚ましをセットし、超音速のスピードで世界をぐるりと一周した。そして、新しい靴をかき集め、トレーラートラック三台に積みこみ、まるでクリスマスと復活祭がいっぺんに来たかのようにほくそ笑みながら、ベファーナの国に帰っていった。

ここでこの物語は二つに分かれることになる。この後の出来事について、ベファーナ研究家の意見が一致しないのだ。

心やさしい研究家と、意地悪で心ない研究家とで、説が割れている。

心やさしい研究家によると、ヴィジェーヴァノのベファーナは、山ほど積まれたいろいろなサイズのステキな靴を見ているうちに、靴も買えずに素足で過ごしている人びとのことを思い、自分の行為が恥ずかしくなったそうだ。そこで、黙って持ってきた靴をもう一度トラックに積み、またもや世界をぐるりと一周し、大勢の貧しい女たちに靴をプレゼントした。それでもたくさんの靴が余ったから、大勢の貧しい男たちにもプレゼントできた。女物の靴でも構わなかった。素足で歩きまわって怪我をするより、ずっといいだろう。

心ない研究家は、ヴィジェーヴァノのベファーナは、ベファーナの国で靴屋をオープンし、子どもたちから贈られるはずだった靴を仲間のベファーナたちに売って、大儲けしたと主張している。当然ながら、彼女は一銭も支払わずに靴を手に入れたのだから、売り上げがそっくりそのまま利益となる。そのうえ、ちゃっかり消費税も徴収するのだから、たいしたものだ。

ベファーナは、儲けた金で、タイヤが八本ついている車と、全体が金でできている電車を手に入れたそうだ。

私は研究家でもなければ、心やさしい人間でも心ない人間でもない。だから、誰も私の意見なんて聞こうとはしてくれない。


追記　拙著によるベファーナ三論文を研究家に見せた。すると彼は、冷笑を浮かべてこういった。

「なかなかうまく書けているが、いちばん大切なことを忘れているようだ」

「とおっしゃいますと?」

「ベファーナは、よい子にはプレゼントを持ってくるが、悪い子には持ってこないということが、どこにも書かれていない」

私は、三十秒ほど彼の顔をまじまじと眺め、質問した。

「耳を切りおとされるのと、鼻の頭をかじられるのと、どちらがいいですか?」

「いったいなにがいいたいのか、さっぱりわからん」

「頭を傘で叩かれるのと、ワイシャツの襟首から氷を一キロ入れられるのと、どちらがお好みで？」

「なんと無礼なことを！　よいかね！　この私は、騎士《カヴァリエーレ》とさほど変わらない身分なのだぞ！」

「あなたのほうが、よっぽど無礼じゃないですか！　この世に〝悪い子ども〟がいると決めつけるなんて。土下座して謝ってくださいよ！」

「そのカナヅチでなにをするつもりだね？」

「あなたの小指を叩くんです。いやならば、子どもというものは一人残らずいい子ばかりだと、いまここで誓ってください。なかでも、貧しくてプレゼントももらえないような子は、みんないい子ばかりです。どうです？　誓いますか？」

「ち……誓う。誓うったら」

「よろしい。では、私はこれで失礼いたします。あなたの顔に泥を塗るようなことはしませんよ。私は、とっても〝いい人〟ですので」

16

三人の女神が紡ぐのは、誰の糸？

Per chi filano le tre vecchiette?

古代の神話に登場する神というのは、いささか意地悪ぞろいである。

昔々、ゼウスがアポロンを怒らせてしまったことがあった。なに、ちょっとしたいたずらをしただけなのだが……。雪辱を誓ったアポロンは、機会をうかがい、目には目をの仕返しに出た。一つ目の巨人、キュクロプスを何人か殺したのである。

キュクロプスとゼウス、どんな関係があるというのだ？　まるでバターと鉄道じゃないか、という人もいるだろう。

ところがどっこい、大いに関係がある。キュクロプスたちはゼウスに雷を納めており、ゼウスは、キュクロプスがつくる雷をことのほか愛用していた。キュクロプス製ほどの高品質を誇るブランドものの雷は、ほかのどんなメーカーも製造していなかった。アポロンが雷の生産を妨害したと聞いて、ゼウスは本気で怒り、アポロンに違法通告を送りつけた。そうなると、アポロンはゼウスのもとに出頭しないわけにはいかない。なんといっても、ゼウスは《百神の王》なのだから。

「かくかくしかじかで」ゼウスはいった。「罰として、七年間、地上へ島流しの刑とする。七年間、テッサリア王アドメトスの館で、奴隷として仕えるのだ」

アポロンは口答えもせず、刑に服した。なかなかのやり手だったアポロンは、他人に好かれる方法を心得ていた。アドメトス王とも気が合い、友だちになった。やがて七年が過ぎ、アポロンは神々の住むオリュンポスにもどることになった。

帰り道、バルコニーで糸を紡ぐ老女たちに出会い、挨拶を交わす。

「リューマチの具合はいかがです？」と、アポロンが礼儀正しく訊ねると、

「まあ、なんとかやっていますよ」と、三人の老女たちは答えた。この老女たち、じつは運命の三女神《パルカ》なのだ（皆さんもご存じだろう。すべての人間の、生まれてから死ぬまでの運命をつかさどる、三人の女神のことだ。ひとりの人間につき一本ずつ運命の糸を紡いでいる彼女たちに、糸をザクッと切られたら、その人は急いで遺言を残したほうがいいということになる）。

「ずいぶんとお仕事がはかどっているようですね」アポロンはいった。

「ええ、おかげさまで、この糸もそろそろ紡ぎおえますよ。誰のだかご存じ？」

「いいえ」

「アドメトス王の糸なのです。彼も、あと二、三日というところですね」

――そいつはたいへんだ！――アポロンは思った。――気の毒に！　別れの挨拶をしたときにはあんなに元気だったのに、余命が数日だなんて――

「すみませんが」アポロンは三女神に頼んだ。「アドメトスは私の友です。あと何年か、彼を生かしてやることはできませんか？」

「そういわれても、困ります」三人の女神は反論した。「私たちだって、アドメトスに敵意があるわけではありません。彼はじつに素晴らしい人ですもの。それでも、順番がまわってきたら、しかたありません。死を受け入れるしかないのです」

「アドメトスは、まだそれほど年をとっていません」

「年齢の問題ではないのですよ、アポロン。それにしても、あなたは本当にアドメトスが好きなのですね？」

「先ほどもいったとおり、良き友です」

「しかたありませんね、今回だけ特別ですよ。アドメトスの糸はこのまま保留して、もう少し待つことにしましょう。ただし、約束があります。アドメトスの代わりに、誰か別の人が自ら進んで死を受け入れなければなりません。よいですね？」

「もちろんです。どうもありがとうございます」

「どういたしまして！　あなたを喜ばせるためなら、これくらいわけないことです」

アポロンは、家に立ち寄って留守中の郵便物を確認する間もなく、大急ぎで地上にひきかえすと、芝居見物に出掛けようとしていたアドメトスをつかまえた。

「いいか、アドメトス」とアポロンは説明する。「かくかくしかじかで、君は間一髪のところを助かったんだ。ただし、別の人の葬儀が営まれる必要がある。君の代わりに柩に入ってくれる人は見つかるかい？」

「見つかるに決まってるだろう」アドメトスは、動転した心を落ち着かせようと、強いお酒をグラスにつぎながら答えた。「わしを誰だと思っておる。王なのだぞ。わしの命は国家にとってあまりに重要じゃ。だが、まったくけしからん。このわしに冷や汗をかかせおって」

「そんなことといってもどうしようもない。それが人生ってもんだ」

「それをいうなら、死だろう」

「では、これで」

「じゃあな、アポロン。また会おう。いまは君に礼をいう気力もない。懐かしき良き時代に君が好きだったあの酒を、何本か箱に詰めて送ることにしよう」

――まいった――ひとりになると、アドメトスはアポロンの知らせを思いかえした。――ちくしょう、とんだ災難もいいところだ。天上に知り合いがいて助かった。まったく！——

　さっそくアドメトス王はいちばん信頼している側近を呼びにやり、事情を話してきかせた。そして、側近の肩をぽんとたたき、覚悟するようにいったのだ。

「なんの覚悟でしょうか、陛下？」

「いちいち説明しないとわからぬのか？　死ぬ覚悟に決まっておるだろう。わしのこの頼みをまさか断わりはすまい！　わしは、いつもお前のよき主人であったろう？　これまでずっと残業手当やら、家族手当やら、ボーナスやら払ってきたではないか」

「ごもっともです」

「そのこと、よく心得ておけ。そこでだ、さあ、無駄にしている時間はない。おまえは死ぬことだけを考えてくれればよいのじゃ。あとのことは全部わしに任せておけ。最高級の霊柩馬車に、墓碑つきの墓、未亡人の年金に、遺児の奨学金……よいな？」

「承知いたしました、陛下。明日の朝には、さっそく」

「なぜ明日の朝なんだ？　今日できることを明日に持ち越すものではない」

「遺言状を認《したた》めねばなりませんし、身辺整理をし、風呂にも入って……」

「では、明日の朝じゃぞ。ただし、早めに頼む」

「日の出の刻には、陛下。日の出の刻には必ず」

ところが日の出の刻になったとき、忠実な側近ははるか彼方の沖合いだった。フェニキアの船に乗り、サルデーニャ島に向かっていたのだ。アドメトス王は、『この顔に見覚えは？』と大きな見出しを掲げて、顔写真を新聞に載せることもできなかった。当時、新聞はまだ発明されていなかったのだから。むろん、写真もだ。アドメトスにとって、これは飼い犬に手を咬まれたも同然。泣きたくなるほどだった。困ったときに頼りになるのは古くからの忠臣だなんて、よくもいったものだ。しかたなく、アドメトスは馬車を呼び、両親のもとへ向かうように命じた。アドメトスの両親は、暖房も何もかもそろった田舎の邸で暮らしていた。

「まったく、私のことを愛してくれるのは、父上と母上しかおりません」アドメトスはいった。

「ほんとうにそのとおりじゃよ」

「私がすべてを包み隠さずお願いできるのは、父上と母上しかいないのです」

「私たちの畑でできた、ハツカダイコンが欲しいのかい？」年老いた両親は、気をきかせてたずねた。

しかし、アドメトスの頼みを知ると、両親はたいそう不機嫌になった。

「アドメトスよ。私たちは、おまえに命を授けたのだよ。それなのにおまえときたら、ひきかえに私たちの命を欲しがるなんて。それが孝行息子のすることか！」

「ですが、すでにお二人は墓に片足をつっこんでいるじゃありませんか」

「私たちの番がきたら、おとなしく死んでゆく。だが、いまはまだ番がまわってきておらんのだ。たとえ私たちの番がきても、おまえに、代わりに死んでくれとは頼まない」

「それはそれは。さすが私のことを大切に思ってくださるだけのことはある」

「おまえに皮肉をいわれる筋合いはない！　玉座も、葡萄畑も、譲ってやったというのに」

アドメトスは、母親が目のまえに置いた皿の上のハッカダイコンをうっかりつかむと、口に放り込んだ。が、すぐにぺっと吐き、馬車に飛び乗ると王宮へ帰っていった。

王宮にもどるなり、アドメトスは家来を次から次へと呼びつけた。大臣、陸軍将校、海軍将校、侍従、執事、弁護士、税理士、占星術師、劇作家、神学者、楽士、コック、猟犬の調教師……。誰もが口ぐちにいった。

「陛下、あなたさまのためなら、喜んで死にましょう。ですが、わたくしめには、年老いた伯母が三人もおります。わたくしめがいなくなったら、伯母たちはどうなります？」

「閣下、できますことなら、すぐにでも、即刻。しかし、ちょうど昨日から休暇に入ったばかりでありまして……」

「ご主人さま、どうかご寛大に。回想録を書きあげないことにはなんとも……」

「臆病者どもめが！」アドメトスは、地団太を踏んで怒鳴った。「つまりおまえたちは死ぬのが恐いのだな？　だったら全員の首を刎《は》ねてくれよう！　だが、これっぽっちもわしの役には立たん。自ら進んで死んでくれる者だけがわしを救えるのだから。まあ、独りぼっちで死ななくてすむだけましだ……。おまえたちを道連れに、地獄への葬送行進曲を奏でてやるわ」

家来たちは歯をガチガチ鳴らして泣きだした。アドメトスは、一人残らず牢屋に入れて、死刑執行人に斧を研ぐように命じると、のどが渇いていたので妻のもとに行ってオレンジを絞ってくれと頼んだ。

「愛しいアルケスティスよ」アドメトスは、いかにも悲劇のヒーローといった口調で妻に話しかけた。「これが今生《こんじょう》の別れとなろう。かくかくしかじかの事情で、運命の三女神が、これこれこういうわけだ。わしの真の友であるアポロンは、そんなこんなで、みんなわしのことをとても大事に思ってはいるが、とどのつまり、わしの身代りに死んでもいいといってくれる奴は一人もおらぬのだ」

「たったそれだけのことで、それほど嘆き悲しんでいらっしゃるのですか？　なぜわたくしには何もおっしゃってくださらないのです？」

「そなたに？」

「もちろんです！　あなたの代わりに、わたくしが死にます。とっても簡単なことですわ」

「気でも狂ったのか、アルケスティス！　残されたわしの悲しみも考えておくれ。そなたの葬式で、わしがどれほど泣くかわからぬのか？」

「好きなだけお泣きになれば、悲しみは癒《い》えます」

「癒えるわけがない」

「いいえ、癒えますわ。そして、それから何年も幸せに楽しく生きてゆかれることでしょう」

「そうかな？」

「わたくしが保証いたします」

「それでは……そういうことならば……ほんとうにそなたがそう望むのなら……」

二人は永遠の別れの口づけを交わした。自分の部屋にゆき命を絶つアルケスティス。王宮には人びとのむせび泣きと沈痛なうめきがこだました。誰よりも激しく泣いたのは、アドメトス王だった。それでも、大臣やコックなど家来全員を自由の身とし、王妃の死を告げる鐘を鳴らすように命じ、半旗を掲げさせ、葬儀屋を呼び、王妃の葬式についての打ち合わせをした。まさに柩の取っ手をどうするか相談しているところに、家来があらわれ、来客を告げた。

「ヘラクレス！　長年の友よ！」

「やあ、アドメトス。大地の女神ヘスペリデスの庭に、黄金のリンゴを盗みにゆく途中で通りかかったものだから、ちょっと挨拶がしたくなってな」

「よくぞ来てくれた！　寄ってくれなかったら、承知しないところだ」

「ところで」ヘラクレスはいった。「なにやら、不幸があったようだが」

「ああ」アドメトスはあわてていった。「ある女性が亡くなったのだ。だが、君が悲しむことはない。客人は神聖だ。風呂を用意させよう。それから共に夕食を食べ、古き良き思い出を語りあおうじゃないか」

人の好い巨人ヘラクレスは、風呂に入りにいった。じっさい、彼は誰よりも風呂に入る必要があったのだ。怪物退治や馬小屋掃除など、ありとあらゆる困難をともなう力仕事をこなしながら、あちこちを渡り歩き、英雄的行為を成し遂げているというのに、風呂桶には一年に一度出会えるか出会えないか、という生活を続けていたのだから。ヘラクレスは背中をブラシでごしごしこすりながら、お気に入りの歌を歌いはじめた。こんな歌だ。

ヘラクレスよ
ヘラクレスのためとあらば
汝はヘラクレスのように強し
汝は……

「お客さま」ヘラクレスに従者が耳打ちした。「歌はご遠慮願えますか。わが国の王妃さまがお亡くなりあそばされたので」

「なんだと？　誰が死んだって？」

こうして、ヘラクレスは一部始終を知ることとなり、アドメトスが真実を話してくれなかったことに驚いた。

それにしても、かわいそうなアルケスティス！　かわいそうなアドメトス！　二人のことを考えると、ヘラクレスまで泣きそうになった。

「泣いている場合じゃない」そういうと、ヘラクレスは風呂桶から飛びだした。「いまこそ、私の出番だ。おい、そこの……家来！　私の棍棒を探してきてくれ。傘立てのなかに置いてきたらしい」

ヘラクレスは棍棒をつかむと、墓地へ走り、アルケスティスの墓となる墓石の近くに身を潜めた。そして、死に神がやってくるのを見たとたん、恐れもせずに襲いかかり、棍棒で殴りだした。死に神は鎌をふりまわして抵抗したが、賢かったので、すぐにヘラクレスのほうが自分よりも強いと悟った。そこで、倒されて果てるまえに退散した。

わっはっはっと豪快な笑い声をあげ、歌いながら王宮にもどるヘラクレスに、人びとは刺すような視線を投げかけた。国中が喪に服しているというのに、ヘラクレスだけが歌っていたからだ。だが、自分の手柄を知っているヘラクレスは気にもとめない。

「アドメトス！　アドメトス！　やったぞ！」

「どうしたんだ、ヘラクレス？」

「死に神を追っ払ってやったぞ！　アルケスティスは生きかえるんだ！」

アドメトスは、これ以上白くはなれないというほど顔面蒼白になった。ありったけの恐怖心が、ふたたび一時に押し寄せてきたのだ。足音が聞こえ、アドメトスがふりかえると……それは生きかえったアルケスティスだった。まるでアドメトスに詫びを乞うように、沈んだ面持ちで近づいてくる。

「おい、君たちは嬉しくないのか？」ヘラクレスが当惑して訊ねた。「さあ、もっと陽気にいこうじゃないか」

とんでもないことだ。折しも葬式が始まるところらしい。アドメトスはソファーにくずおれ、見るも哀れなほどに震えだした。目を伏せたままのアルケスティス。

「まったく、なんてこった」ヘラクレスは、汗をぬぐいながらいった。

「君たちによかれと思ってしたことなのに、どうやら困らせてしまったらしい。今どきの友だち付き合いは、なんて難しいんだ。もうよい。私はこれで失礼する。……たまには手紙でも寄越してくれ」

ふてくされたヘラクレスは、棍棒をふりまわしながら帰っていった。耳をすますアドメトス王。はるか彼方から、かすかな物音が聞こえてくるような気がした。

天上のバルコニーの上で、三人の老女が糸を紡いでいる。彼女たちが紡ぐのは……はたして誰の糸なのか……。

解説

関口英子

ジャンニ・ロダーリ（一九二〇〜八〇年）は、イタリアを代表する児童文学作家であり、詩人、ジャーナリスト、教育者としても知られている。

ファンタジーを、「この世に生まれたすべての人びとの精神や人格をつくりあげている特質」と捉え、それを法則化することによって、誰もが物語を創る楽しさを味わえるようにした画期的な試み『ファンタジーの文法』は、日本でもご存じの方が多いのではないだろうか。

イタリアでは、もはや児童文学の枠組みを超え、二十世紀を代表する作家の一人として、イタリア文学史の流れのなかに位置づけられている。「〝古典〟という言葉が、〝特定の文化を象徴するもの〟を意味するとしたら、今やロダーリの作品は、児童文学の歴史においてだけでなく、二十世紀イタリアの文学や教育という文化における〝古典〟であることは、否めない事実である」（ピーノ・ボエーロ）。

いずれにしても、ロダーリが、子どもから大人までイタリア人にもっとも広く名を知られ、家庭や学校で親しまれている作家であることは間違いない。なにより、子どもたちの想像力を大切にし、まわりを取りまく世界を見つめるさいの心の拠りどころになるようにと、教育の場での活動をつづけたロダーリが、イタリアの学校のあり方に与えた影響は、絶大である。

「ロダーリほど愉快で、人の心を包みこみ、明瞭で、揺らぐことのないユーモアの感覚を持った作家はほかにいない」。ロダーリと同じ時期に活躍し、彼と同様、創作のひとつの要素として民話を重視、採録などにも携わったイタリアの作家イタロ・カルヴィーノは、ロダーリをこのように評している。

しかしながら日本では、ロダーリという作家の全体像は、あまり知られていない。『チポリーノの冒険』をはじめ、子ども向けのおもだった読み物こそ邦訳されているものの、残念ながらその大半が入手不可能となっているし、本書『猫とともに去りぬ』をはじめ、代表的な作品でありながら、これまで一度も訳されてこなかったものも、まだまだ多い。

その理由として、ロダーリが〝児童文学作家〟というくくり方をされてきたため、イタリア文学の研究者から軽視されてきたこと（当初は、イタリアでも同様の傾向があった）、『ファンタジーの文法』からもうかがえるように、言葉遊びやアイロニーを得意とする彼の作風は、日本語への訳出が難しく、また日本人にはなじみにくいものであったことなどがあげられよう。

しかし、社会における閉塞感《へいそくかん》が強まり、弱者である子どもたちにしわ寄せがいっているとしか思えない事件があいついでいるいま、子ども一人ひとりが持つ豊かな想像力を尊重しつつ、現代社会が抱える歪んだ部分につねに目を向け、笑いというエネルギーに変えることによって、よりよい未来の構築を目指したロダーリの言葉に、耳を傾ける必要があるのではないだろうか。

*　　*　　*

ロダーリは、一九二〇年、ピエモンテ州（北イタリア）のオメーニャに生まれた。

父はパン焼き職人をしており、母は店の手伝いに追われていたため、幼少のころのロダーリは、一人で本を読んで過ごすことが多かったらしい。湖からほど近い場所に家があり、緑豊かな故郷の情景は、彼の作品にもときどき顔をのぞかせている。母は厳しい女性であったらしく、ロダーリはどちらかというと父になついていたようだ。その父を、ロダーリは九歳の時に亡くしている。嵐のなか、子猫を助けるために全身ずぶ濡れになり、肺炎を起こし、命を落としたのだ。父の死と深く結びついている猫に対し、ロダーリは特別な思い入れがあったらしく、本書の表題となっている短編「猫とともに去りぬ」をはじめ、彼の作品には、猫がしばしば登場する。

父の死後、ロダーリは母と弟とともに、ロンバルディア州のヴァレーゼに移り住む。ヴァレーゼの師範学校に通いながら、バイオリンを習い、友人とトリオを組んでバンド活動をするなど、音楽にのめりこんだ。公園や居酒屋をまわり、セレナーデを奏でたりもしていたらしい。これが、ロダーリにとって最初の民衆文化との出会いとなる。このころから、思想や政治にも関心を持ちはじめ、レーニンやトロツキー、スターリンに傾倒し、ファシズムやエチオピア戦争を批判する文章を書き始めた。

三七年に師範学校を卒業すると、臨時教員として小学校で教えながら、ミラノのカトリック大学の外国語学部に通ったが、卒業はしていない。四〇年、イタリアが第二次世界大戦に参戦、ロダーリは四三年に、レジスタンス運動に加わる。四四年には、非合法下にあったイタリア共産党に入党し、四五年にイタリアがファシズムとドイツの占領から解放されるまで、地下活動を行っていた。

戦後、ロダーリは教員をやめ、共産党員としての活動に専念する。ヴァレーゼで共産主義の機関誌「ロルディネ・ヌオーヴォ（新秩序）」の編集に二年間携わったのち、ミラノで共産党の日刊紙「ルニタ（統一）」の記者となった。このころから、同紙日曜版の子ども向けのページも担当し、物語を書くようになる。しかし、当時はまだ、ジャーナリスト活動の一環として、編集部に請われて書いていたにすぎない。

一九五〇年、イタリア共産党が青年支部を創設するのにともない、子ども向けの週刊誌「ピオニエーレ」を創刊することにした。そこで記者として抜擢されたのが、ロダーリだ。当時はまだテレビが普及しておらず、週刊誌は子どもたちにとって貴重な娯楽であった。こうして、ロダーリは児童文学や教育、児童心理学に本格的に取り組みはじめる。

ロダーリが、自分の作品をまとめて単行本として発表しはじめたのもこのころだ。五〇年、詩集『わらべ歌の本』、ついで五一年には代表作となる『チポリーノの冒険』、五四年の『青矢号のぼうけん』など、数冊が相次いで刊行されるが、いずれも共産党系の小さな出版社から出されており、読者層も限られたものだった。

ロダーリが全国的に名を知られるようになったのは、六〇年に、詩集『空と大地のわらべ歌』、六二年に『もしもし…はなしちゅう（電話で送ったお話）』などが、イタリア屈指の大手出版社であるエイナウディ社から刊行されてからだ。

これと前後して、中産階級に広く購読者を持っていた子ども雑誌「コッリエーレ・デイ・ピッコリ」や、イタリアの銀行協会が発行し、各公立小学校を通し無料で子どもたちに配布していた冊子「ラ・ヴィア・ミリオーレ」（発行部数八十万部）などでも、彼の作品が連載されるようになり、幅広い読者を得る。

それまでの作品は、実験的で政治色の濃いものもあったが、このころから角がとれ、どちらかというとシュールレアリスムの影響を感じさせる、洗練された作風となっていく。

エイナウディ社から刊行された作品は、いずれも高く評価され、プラート賞（『空と大地のわらべ歌』）、カステッロ賞（『ジップくん宇宙へとびだす』）、アントニオ・ルビーノ賞（『まちがいの本』）など、優れた児童文学作品に贈られる国内の賞を、あいついで受賞。ロダーリは、イタリアにおける児童文学作家としての地位を確立する。

戦前のイタリア児童文学の主流にあったのが、『クオレ』（エドモンド・デ・アミーチス著、一八八六年）に代表される、愛国心や家族愛といった価値観を誇張した作品群である。読者である子どもたちは、物語を読んで感動の涙を流すことはあっても、腹を抱えて笑うようなことはない。もちろん『ピノッキオの冒険』（カルロ・コッローディ著、一八八三年）のような、やんちゃな子どもの素顔を楽しく描いた作品もあるにはあったが、例外的な存在だった。

ロダーリが登場する以前のイタリアの学校教育で採り入れられていたのは、このようなデ・アミーチス派の物語か、あるいは聖人を主人公としたキリスト教的な価値観を教える物語ばかりで、子どもたちの実際の問題や関心からは、かけはなれた題材が多かった。

戦後、社会がめまぐるしい発展をとげ、子どもたちを取り巻く環境も大きく変化したにもかかわらず、ドイツやフランスをはじめとする他のヨーロッパ諸国とは異なり、イタリアでは変化に十分に応えられるような児童文学の担い手が、なかなか登場してこなかった。これは、イタリアで大きな影響力を持つ思想家ベネデット・クローチェが、戦前に著した大作『新たなるイタリアの文学』のなかで、子どものための文学は真の文学ではあり得ないと断言したことが、長年影を落とし、児童文学をB級のものと格付けする風潮が根強かったからだというのは、多くの研究者の指摘するところである。

国際情勢が変化した六〇年代後半は、イタリア国内でも、政治・文化・社会全般に改革を求める傾向が強くなり、六八年に頂点に達する学生運動のうねりにつながっていく。そのような社会情勢を背景に、旧態依然としていた学校教育のあり方を変えるべきだ、という論議が高まっていた。

ロダーリの作品が数々の賞を受け、児童文学作家としての地位が確立されたのは、ちょうどこのころにあたる。これまでのような上からの押し付けではなく、子どもたちの個性を伸ばすための、より自由な教材を模索していた学校にとって、彼の作品は恰好の教材となった。

こうして、「わが国の言語学史において、ロダーリは比類なき偉大な貢献を果たした。それは、イタリアの学校において、現実主義的で、批判する力を養い、子どもたちの力を引き出す、創造的な教育をスタートさせたことだ」（T・デ・マウロ）と評されるまでになり、戦後イタリアの民主主義的教育を象徴する詩人・童話作家となる。

ロダーリが画期的だったのは、子どもたちに身近な言葉を使って、けっして教訓におちいることなく、人類愛や反差別、自由といった概念を表現したことだ。

それだけでなく、これまで児童文学で扱われることの少なかった、搾取される側にある労働者の姿や、戦争と平和に対する概念、現代社会におけるさまざまな歪《ひずみ》や問題なども題材にした。

毎日、昼間やらないといけないことがある。
身体を洗う、勉強する、遊ぶ、
おひるになったら、

テーブルのしたくをする。

夜やらないといけないことがある。
目を閉じる、眠る、
夢に見るべき夢を持ち、
耳は聞こえないようにする。

ぜったいにやってはいけないことがある。
昼間だろうが　夜だろうが、
海のうえだろうが　陸のうえだろうが。
それはたとえば、戦争。（「覚書」）

ロダーリの作品は、ただ読むだけではなく、子どもたちの創作意欲をかきたてるという意味でも、画期的だった。
作品が教科書に採り上げられただけでなく、ロダーリ自身も非常に精力的に教育に取り組んでいる。各地の幼稚園や学校をまわったり、またラジオ番組を担当したりしながら、子どもたちや先生と直接触れ合い、一緒に物語を創るという試みを実施した。さらに、月刊誌「保護者ジャーナル」などを通して、教育にかかわる大人たちへの貴重な提言もおこなった。

作家としての一連の活動が国際的に認められ、ロダーリは一九七〇年、児童文学のノーベル賞と称される《国際アンデルセン賞作家賞》を受賞する。こうして、彼の名は世界的なものとなり、イタリア国内だけでなく、各国から講演の依頼を受けるようになる。

冒頭で述べた名著『ファンタジーの文法』は、教育の現場での子どもたちとの触れ合いを通し、自ら確立したファンタジーの技法（彼はこれを〝おもちゃ〟と呼んでいる）を、レッジョ・エミリアの教師を集めて披露した講演会《ファンタジー学との出会い》の内容を元に書き起こしたものだ。

同書が七三年にエイナウディ社より刊行されると、「子どもたちが本来持っている創作力を尊重するだけでなく、引き出し、刺激し、発展させるための方法論であり、彼らの創作力を押しつぶし、支配しようというマスメディアや学校、家庭やテレビといった、社会全体に共通するあらかじめパッケージングされた環境に対抗するものである」（ロベルト・デンティ）などと高く評価された。

同書の第一章に記されている、「教育の場において、想像力がしかるべき重要性を持つべきだと考える人びと、子どもたちが本来持つ創作力に信頼を寄せている人びと、そして、言葉というものが、どれほど自己を解き放つ価値を持っているかを知っている人びとにとって、本書が役に立つものであることを願ってやまない。《言葉の持つすべての用法を、すべての人に》。これほど民主的な響きを持つ、素晴らしいモットーがほかにあるだろうか。誰もが芸術家だからではない。誰もが奴隷ではないからだ」という言葉からは、教育や言葉に対するロダーリの姿勢だけでなく、子どもに対する深い愛情が伝わってくる。

『ファンタジーの文法』とほぼ同時期に刊行されたのが、本短編集『猫とともに去りぬ』である。邦訳のある『二度生きたランベルト』（一九七八年）もそうだが、これ以降のロダーリの作品には、現代社会に対する痛烈なアイロニーが色濃くあらわれるようになり、子どもには若干、難しいのではないかと思われるものが多い。

『二度生きたランベルト』は、「死」に対するランベルト男爵の恐怖を揶揄した作品だが、同書を執筆していたころから、ロダーリは体調を崩していたらしい。一九八〇年、動脈瘤の手術のために入院するが、手術の三日後に心不全を起こし、六十歳という若さで生涯を閉じた。自ら編んだ最後の短編集、『陣取りあそび』の刊行を待たずして亡くなったことになる。

〝お話づくりの名人〟ロダーリの早すぎる死は、多くの文学者・批評家に心から惜しまれ、ロダーリが遺した童話、詩、戯曲、エッセイ、短編など、多岐にわたる膨大な作品の再評価につながる。

こうして、死後も、新聞や雑誌に掲載された作品が新たに編まれたり、版を変えたりしながら、単行本だけで七十冊は軽く超える著書が刊行され、いまだに読みつがれている。

ファンタジーという、それまでは理論とは無縁だった領域を、きわめてシンプルで明快な、それでいて高度に洗練された「文法」として世界中の人びとに提示したこと、六〇年代から七〇年代にかけてイタリアの教育のあり方を根本から変えたこと、戦後のイタリア児童文学の地位を高め、ロベルト・ピウミーニやステファノ・ボルディリオーニらに代表される、現在の多彩なイタリア児童文学が形成されるまでの流れに、大きな影響を与えたこと……。

ロダーリの功績は数多い。子どもと大人との関係や、子どもの成長における「笑い」の大切さを説いたことも、そのひとつだろう。

「子どもたちが、笑いながら学べるものを、泣きながら勉強することに意義があるだろうか？　綴り方を間違えたばかりに、子どもたちが五大陸で流した涙をぜんぶ合わせたら、発電所として利用できるほどの滝となるだろう。だが、それでは、あまりにも犠牲の大きなエネルギーとなってしまう。間違いというものは、パンとおなじように、なくてはならず、役に立つものであり、大方が素晴らしいものである。その代表的な例が、ピサの斜塔だ」（『まちがいの本』の序文より）。

ロダーリの言葉のひとつひとつに重みがあり、現在の日本の子どもたちがおかれた環境を改めて考えさせられる。

＊　＊　＊

本書『猫とともに去りぬ』は、七二年から七三年にかけて日刊紙「パエーゼ・セーラ」に掲載された短編を、ロダーリ自身が編み、七三年に単行本としてエイナウディ社より刊行されたものである。

七七年には、同社の中学生向きの読み物のシリーズの一冊として収められているし、九三年には、フランチェスコ・アルタンの挿絵入りで、エイナウディ・ラガッツィ社より、子ども向けの抜粋版も出ている。

オリジナルタイトルの《*Novelle fatte a macchina*》は、「機械でつくった物語」という意味である。ここでの〝機械〟は、「タイプライター」と解釈することもでき、廃《すた》れる一方の〝鉛筆〟の対極にあるものとして、スピード化された現代社会を象徴する存在である。

オリジナル版には、全部で二十六の短編が収録されている。しかし、邦訳にあたっては、当時のイタリアの人気テレビ番組にワニが登場するという設定の「知ったかぶりのワニ」(*Il coccodrillo sapiente*)など、特殊なイタリア事情・社会情勢を知らないと理解できない作品や、「詩人の戦争」(*La guerra dei poeti*)など、言葉遊びの要素が強く、日本語に訳すことが難しい作品九編と、『マルコとミルコの悪魔なんかこわくない!』(拙訳、くもん出版)の第七話としてすでに収められている *Marco e Mirko, il diavolo e la signora De Magistris* は割愛し、計十六編とした。

『ファンタジーの文法』とほぼ同時期に刊行された本書は、上述したように、ロダーリの転換期にあたる作品である。これまでと同様、おとぎ話的なファンタジーを出発点としながらも、方向性が変化し、現代社会への痛烈なまでのアイロニーが、色濃く感じられるようになってくるのだ。

家族から邪魔者扱いされている定年退職後の初老の男性や、庭師に無理難題を命じる社長、女の子はお人形で遊ぶものと決めつける母親、といった登場人物を、ロダーリは、あたかも映画の撮影を思わせるような、スピーディで簡潔なストーリー展開で語っていく。人びとの頭に巣くっている既成概念や言葉づかいを逆手にとりながら、ユーモラスに語ることによって、現代社会に対する、強烈な異議申し立てをしているのだ。

ロダーリは、笑いのメカニズムを分析した文章で、次のように述べている。「〝優越感から生まれる笑い〟というものは、気をつけないと、よこしまで陳腐な順応主義と手を結び、保守的な役割を担う危険をはらんでいる。目新しいもの、普通と違うものを笑い、鳥のように空を飛びたがる人や、政治に携わろうとする女性を笑う。みんなと考え方が違う、みんなと話し方が違う、伝統や規則に求められた姿と異なるといっては人を笑うといった、いわゆる反動的な〝滑稽〟の原点がここにある。笑いがポジティブな役割を果たすためには、その矛先が、旧態依然とした概念や、変えることに対する怖れ、規則に対する妄信に向けられる必要があるのだ。私たちの物語において は、反順応主義的な〝ずっこけた登場人物〟が成功を収めなければならないし、当然なことや規律に対する彼らの〝不服従〟こそが報いられなければならない。世の中を前進させるのは、ほかでもなく、服従を拒否する人たちなのだから」（『ファンタジーの文法』)。

知的ファンタジーと言葉遊び、そして現実社会へのアイロニーが見事に織りなされた一連の短編からは、ロダーリの人間観や社会観が、ストレートに伝わってくる。これこそが、ロダーリのユーモアの真骨頂ともいえよう。そこから生まれる〝笑い〟は、じつに高尚な笑いであって、物事の本質と向き合うことを、読む者に余儀なくさせる。

『ファンタジーの文法』は、ロダーリの物語創りにおける理論書であるが、本書は、その理論が結実された短編集としても楽しむことができる。まったく関係のないふたつの言葉を組み合わせて、そこからふくらんでゆく新しいイメージを利用して物語を創っていくという《ファンタジーの二項式》をはじめ、《ファンタスティックな仮定》、《ファンタジーの対称性》など、『ファンタジーの文法』で挙げられている理論や例の多くが、本書の短編のなかで披露されている。

「もしおじいさんが猫になったら」という仮定を、子どもたちに提示し、未完の話を聞かせる。そして、子どもたちのやりとりを反映させながら生まれたのが、今回の表題となっている「猫とともに去りぬ」である。

結末はどうしたらいいかと子どもたちにたずねたところ、また柵をくぐらせて、おじいさんにもどしてあげるべきだと、ほとんどの子どもたちが答えたそうだ。《ファンタジーの対称性》がはたらき、ある方向へ向かう魔術的な出来事があると、想像力は知らないうちに、それと反対の方向へ向かう魔術的な出来事が完成されることを期待するものだと、ロダーリは分析している。このアイデアを、ロダーリは気に入っていたらしく、風刺の度合いを多少薄めて、子どもでも楽しめるような形に書き換えたヴァージョン「ネコ星」（*La stella Gatto*）も存在する。

カウボーイとピアノという《二項式》から生まれたのが、第七話の「ピアノ・ビルと消えたかかし」である。登場人物に普通と異なる属性を持たせると、その属性を利用して、新しい冒険に出会うことができる、ロダーリはそう説明する。

属性を選ぶ場合、気をつけなければならないのは、陳腐にならないようにすることだそうだ。

こうして、たとえばピストルのかわりにピアノをかき鳴らすカウボーイ、ピアノ・ビルというキャラクターが生まれたのである。

ジャンニ・ロダーリのおもな邦訳作品

（出版年の新しいもの順。現在、入手不可能となっているものも含む）

『空にうかんだ大きなケーキ』 よしとみあや訳、汐文社、二〇〇六。

『マルコとミルコの悪魔なんかこわくない！』 関口英子訳、くもん出版、二〇〇六。

(*Storie di Marco e Mirko*, 1994)

『幼児のためのお話のつくり方』 窪田富男訳、作品社、二〇〇三。(*Scuola di fantasia*, 1992)

『二度生きたランベルト』 白崎容子訳、平凡社、二〇〇一。

『ファンタジーの文法―物語創作法入門』 窪田富男訳、ちくま文庫、一九九〇。

『ロダーリのゆかいなお話1〜5』 安藤美紀夫訳、大日本図書、一九八六〜八八。

(*Venti storie più una*, 1969)

『うそつき国のジェルソミーノ』 安藤美紀夫訳、筑摩書房、一九八五。(*Gelsomino nel paese dei bugiardi*, 1958)

『もしもし…はなしちゅう』 安藤美紀夫訳、大日本図書、一九八三。

『物語あそび――開かれた物語』　窪田富男訳、筑摩書房、一九八一。(*Tante storie per giocare, 1971*)

『パジャマをきた宇宙人』　安藤美紀夫訳、講談社、一九七二。

『ジップくん宇宙へとびだす』　安藤美紀夫訳、偕成社、一九六七。

『青矢号のぼうけん』　杉浦明平訳、岩波書店、一九六五。

『チポリーノの冒険』　杉浦明平訳、岩波少年文庫、一九五六。

ジャンニ・ロダーリ年譜

一九二〇年
北イタリアのオメーニャに生まれる。

一九二九年　九歳
父の死。ロンバルディア州のヴァレーゼに転居。

一九三七年　一七歳
師範学校を卒業。

一九三九年　一九歳
ミラノ・カトリック大学外国語学部に入学。臨時教師として小学校で教える。

一九四三年　二三歳
レジスタンス運動に加わる。

一九四四年　二四歳
イタリア共産党に入党。

一九四五年　二五歳
機関誌「ロルディネ・ヌオーヴォ」(*L' Ordine Nuovo*) の編集をはじめる。

一九四七年　二七歳
ミラノで、共産党の日刊紙「ルニタ」(*L'Unità*) の記者となる。

一九四九年　二九歳
同紙の日曜版で子ども向けのページを

担当。

一九五〇年　　三〇歳
ローマに移り、子ども向け週刊誌「ピオニエーレ」(*Pioniere*)の創刊に携わる。最初の詩集『わらべ歌の本』(*Il libro delle filastrocche*)刊行。

一九五一年　　三一歳
『チポリーノの冒険』(*Il romanzo di Cipollino*)刊行。

一九五三年　　三三歳
マリア・テレザ・フェッレッティと結婚。

一九五四年　　三四歳
『青矢号のぼうけん』(*Il viaggio della Freccia Azzurra*)刊行。

一九五七年　　三七歳
一人娘のパオラが生まれる。

一九五八年　　三八歳
日刊紙「パエーゼ・セーラ」(*Paese Sera*)の執筆協力をはじめる。

一九五九年　　三九歳
銀行協会の冊子「ラ・ヴィア・ミリオーレ」(*La Via Migliore*)に作品の掲載をはじめる。

一九六〇年　　四〇歳
『空と大地のわらべ歌』(*Filastrocche in cielo e in terra*)をエイナウディより刊行。

一九六一年　　四一歳
子ども雑誌「コッリエーレ・デイ・ピッコリ」(*Corriere dei Piccoli*)に作品の掲

載をはじめる。

一九六二年　四二歳
『もしもし…はなしちゅう』（*Favole al telefono*）、『パジャマをきた宇宙人』（*Il pianeta degli alberi di Natale*）、『ジップくん宇宙へとびだす』（*Gip nel televisore. Favola in orbita*）刊行。

一九六四年　四四歳
月刊誌「保護者ジャーナル」（*Il Giornale dei Genitori*）の編集・執筆協力をはじめる。
『まちがいの本』（*Il libro degli errori*）刊行。

一九六五年　四五歳
『まちがいの本』でアントニオ・ルビーノ賞受賞。

一九六六年　四六歳
『空にうかんだ大きなケーキ』（*La torta in cielo*）刊行。

一九六八年　四八歳
「保護者ジャーナル」の責任編集を務める。

一九七〇年　五〇歳
《国際アンデルセン賞作家賞》受賞。

一九七二年　五二歳
レッジョ・エミリアで《ファンタジー学との出会い》（*Incontri con la Fantastica*）開催。

一九七三年　五三歳
『猫とともに去りぬ』（*Novelle fatte a macchina*）、『ファンタジーの文法―物

語創作法入門』(*Grammatica della fantasia. Introduzione all'arte di inventare storie*) 刊行。

一九七八年　五八歳

『二度生きたランベルト』(*C'era due volte il barone Lamberto ovvero I misteri dell' isola di San Giulio*) 刊行。

一九七九年　五九歳

『二度生きたランベルト』がモンツァ賞の最終候補となる。

一九八〇年　六〇歳

四月一〇日入院、同一四日、心不全のため死去。

『陣取りあそび』(*Il gioco dei quattro cantoni*) 刊行。

一九八二年

『ファンタジーの文法』誕生十周年を記念する会議《ファンタジーが理性と一緒に馬にまたがったなら》(*Se la fantasia cavalca con la ragione*) が、レッジョ・エミリア市で開催される。

一九八七年

オルヴィエート市に《ジャンニ・ロダーリ研究センター》(*Il centro studi Gianni Rodari*) 設立。

訳者あとがき

縁あって、ロダーリの作品を訳させていただいた。この数か月、ロダーリの言葉に囲まれて至福の時を過ごすことができた。職業柄、これまでいろいろな文章を訳してきたが、こんな幸せを感じたのは初めてかもしれない。

しかも、《古典新訳文庫シリーズ》の第一弾として、ドストエフスキーやシェイクスピアとならんでロダーリを取り上げるという、日本の常識から考えたら異端としか思えないような決断をしてくださったのは、光文社古典新訳文庫の編集部のみなさんである。この場をお借りして、心よりお礼を申しあげる。

また、私のイタリア語の源であり、いつものことながら、どんなに忙しくてもていねいに疑問を解決してくれたMarco Sbaragliにも、感謝したい。言葉だけでなく、ロダーリを楽しむうえで欠かせないアイロニーとユーモア精神も、彼に教わったような気がする。

イタリア人は、概して皮肉がうまいし、〝笑い〟を大切にする。これは、ロダーリ的教育の成果なのか、それとも、もともとの彼らの気質なのか、私には、いまだに謎である。

この本を手にとってくださった方が、ロダーリの新しい顔を発見し、彼の作品や思想に興味を持ってくださったとしたら、これほど嬉しいことはない。

二〇〇六年七月　　関口英子

kobunsha classics
光文社古典新訳文庫

猫《ねこ》とともに去《さ》りぬ

著者　ロダーリ
訳者　関口《せきぐち》 英子《えいこ》

2006年9月20日　初版第1刷発行
2025年4月30日　第8刷発行

発行者　三宅貴久
印刷　大日本印刷
製本　大日本印刷

発行所　株式会社光文社
〒112-8011東京都文京区音羽1-16-6
電話　03（5395）8162（編集部）
03（5395）8116（書籍販売部）
03（5395）8125（制作部）
www.kobunsha.com

落丁本・乱丁本は制作部へご連絡くだされば、お取り替えいたします。
ISBN978-4-334-75107-4 Printed in Japan

いま、息をしている言葉で、もういちど古典を

長い年月をかけて世界中で読み継がれてきたのが古典です。奥の深い味わいある作品ばかりがそろっており、この「古典の森」に分け入ることは人生のもっとも大きな喜びであることに異論のある人はいないはずです。しかしながら、こんなに豊饒で魅力に満ちた古典を、なぜわたしたちはこれほどまで疎んじてきたのでしょうか。

ひとつには古臭い教養主義からの逃走だったのかもしれません。真面目に文学や思想を論じることは、ある種の権威化であるという思いから、その呪縛から逃れるために、教養そのものを否定しすぎてしまったのではないでしょうか。

いま、時代は大きな転換期を迎えています。まれに見るスピードで歴史が動いていくのを多くの人々が実感していると思います。

こんな時わたしたちを支え、導いてくれるものが古典なのです。「いま、息をしている言葉で」――光文社の古典新訳文庫は、さまよえる現代人の心の奥底まで届くような言葉で、古典を現代に蘇らせることを意図して創刊されました。気取らず、自由に、心の赴くままに、気軽に手に取って楽しめる古典作品を、新訳という光のもとに読者に届けていくこと。それがこの文庫の使命だとわたしたちは考えています。

このシリーズについてのご意見、ご感想、ご要望をハガキ、手紙、メール等で翻訳編集部までお寄せください。今後の企画の参考にさせていただきます。
メール　info@kotensinyaku.jp

光文社古典新訳文庫　好評既刊

ちいさな王子

サン＝テグジュペリ／野崎《のざき》 歓《かん》◉訳

砂漠に不時着した飛行士のぼくの前に現われた不思議な少年。ヒツジの絵を描いてとせがまれる。小さな星からやってきた、その王子と交流がはじまる。やがて永遠の別れが…。

夜間飛行

サン＝テグジュペリ／二木《ふたき》 麻里《まり》◉訳

夜間郵便飛行の黎明期、航空郵便事業の確立をめざす不屈の社長と、悪天候と格闘するパイロット。命がけで使命を全うしようとする者の孤高の姿と美しい風景を詩情豊かに描く。

人間の大地

サン＝テグジュペリ／渋谷《しぶや》 豊《ゆたか》◉訳

パイロットとしてのキャリアを持つ著者が、駆け出しの日々、勇敢な僚友たちや人々との交流、自ら体験した極限状態などを、時に臨場感豊かに、時に哲学的に語る自伝的作品。

戦う操縦士

サン＝テグジュペリ／鈴木《すずき》 雅生《まさお》◉訳

ドイツ軍の侵攻を前に敗走を重ねるフランス軍。「私」に命じられたのは決死の偵察飛行だった。著者自身の戦争体験を克明に描き、独自のヒューマニズムに昇華させた自伝的小説。

マダム・エドワルダ／目玉の話

バタイユ／中条《ちゅうじょう》 省平《しょうへい》◉訳

私が出会った娼婦との戦慄に満ちた一夜の体験「マダム・エドワルダ」。球体への異様な嗜好を持つ少年と少女「目玉の話」。三島由紀夫が絶賛したエロチックな作品集。

恐るべき子供たち

コクトー／中条《ちゅうじょう》 省平《しょうへい》・中条《ちゅうじょう》 志穂《しほ》◉訳

十四歳のポールは、姉エリザベートと「ふたりだけの部屋」に住んでいる。ポールが憧れるダルジュロスとそっくりの少女アガートが登場し、子供たちの夢幻的な暮らしが始まる。

光文社古典新訳文庫　好評既刊

赤と黒（上・下）

スタンダール／野崎《のざき》 歓《かん》◉訳

ナポレオン失脚後のフランス。貧しい家に育った青年ジュリヤン・ソレルは、金持ちへの反発と野心から、その美貌を武器に貴族のレナール夫人を誘惑するが…。

千霊一霊物語

アレクサンドル・デュマ／前山《まえやま》 悠《ゆう》◉訳

「女房を殺して、捕まえてもらいに来た」と市長宅に押しかけた男。男の自供の妥当性をめぐる議論は、いつしか各人が見聞きした奇怪な出来事を披露しあう夜へと発展する。

カルメン／タマンゴ

メリメ／工藤《くどう》 庸子《ようこ》◉訳

カルメンの虜となり、嫉妬に狂う純情な青年ドン・ホセ。男と女の愛と死を描いた「カルメン」。黒人奴隷貿易の舞台、奴隷船を襲った惨劇を描いた「タマンゴ」。傑作中編2作。

死霊の恋／化身　ゴーティエ恋愛奇譚集

テオフィル・ゴーティエ／永田《ながた》千奈《ちな》◉訳

血を吸う女、タイムスリップ、魂の入れ替え……。フローベールらに愛された「文学の魔術師」ゴーティエが描く、一線を越えた「妖しい恋」の物語を3篇収録。（解説・辻川慶子）

ペスト

カミュ／中条《ちゅうじょう》 省平《しょうへい》◉訳

オラン市に突如発生した死の伝染病ペスト。社会が混乱に陥るなか、リュー医師ら有志の市民は事態の収拾に奔走するが…。不条理下の人間の心理や行動を鋭く描いた長篇小説。

転　落

カミュ／前山《まえやま》 悠《ゆう》◉訳

アムステルダムの場末のバーでなれなれしく話しかけてきた男。五日にわたる自分語りの末に明かされる、驚くべき彼の来し方とは？『ペスト』『異邦人』に並ぶ小説、待望の新訳。